曹文生 著

天津出版传媒集团
天津人民出版社

图书在版编目（CIP）数据

光阴的渡口 / 曹文生著. -- 天津 : 天津人民出版社，2018.3（2025.4重印）
ISBN 978-7-201-12896-2

Ⅰ.①光… Ⅱ.①曹… Ⅲ.①散文集－中国－当代
Ⅳ.①I267

中国版本图书馆CIP数据核字（2018）第026248号

光阴的渡口
GUANGYIN DE DUKOU
曹文生 著

出　　版　天津人民出版社
出 版 人　黄　沛
地　　址　天津市和平区西康路35号康岳大厦
邮政编码　300051
网　　址　http://www.tjrmcbs.com
电子邮箱　tjrmcbs@126.com

责任编辑　张　凯
封面设计　马晓琴

制版印刷　三河市同力彩印有限公司
经　　销　新华书店
开　　本　660×960毫米　1/16
印　　张　20.75
字　　数　242千字
版次印次　2018年3月第1版　2025年4月第3次印刷
定　　价　60.80元

目　录

第一辑

第二辑

第三辑

第四辑

光明的渡口

第一辑

风吹故乡

寒风吹彻，吹疼故乡。

村庄，在寒风中默念：“我的居民，在草垛的怀抱里取暖。”村庄，敞开身体，接纳村人的啼哭与欢笑。这街道，唯有风穿过。这北风下的草垛，少有行人。

清晨的风，早于阳光到达，犹如灵魂早于肉体，洞穿我的空虚。我无法摆脱冬天的风，一睁眼，风已盘踞在村庄上空。它摇醒木质的门，摇醒路边的枯草。村庄的骨头，已发抖。可是，却有些人迎着风，推门而出。

一个人，面对风的拷问，产生英雄主义情结，他掏出火柴，用香烟叫醒清晨的村庄，裹了裹衣服，快步来到田野。一个人，用手里的铁锹，这儿敲一下，那儿弄一锹土，似乎在告诉土地：我爱你，不知怎样表达，唯有弄疼你。人与土地的联系，就是与它对视，人能从庄稼里，看到一个村庄的前生。这里的每一株麦子，都是人失散多年的亲人。

风吹过，庄稼摇摆。同它们一起摇摆的，还有那些拾粪的老人。

他们将一小堆动物遗弃的粪便，运到地里，来年必定有一两株庄稼，因这堆粪而改变长势。

乡村，在细节里存活。我是被这些细节养大的人，因此不敢轻视每一堆粪、每一丛腐朽的草木。

一些人，早早起床，去田间地头铲一些被人遗弃的白菜，这些白菜多是弱小的，成为淘汰的部分，这卑微的命运，让人感叹。但是，殊不知，在每一个寒冬的清晨，它们都是一些人早起的理由。这些冬白菜，拔除外面的绿叶，里面嫩白的心，就可以下锅拌面，那些绿叶成为牛羊的贡品。

寒风吹来，吹醒了树上的鸡，这呼啸而来的风，让鸡的五指紧紧抓住树枝。尽管如此，仍有一些鸡，一头栽下来，掉在下面的柴火垛上。这乡村的寒冬，风是主宰者。它刮散一切，譬如树叶、废纸。只有街道上，那些凹进去的地方，仍卧着一窝尘土。

寒风吹彻，鸡鸣于槐，一些勤快之人，再也难以入睡。他们把水缸挑满水，开始生火做饭。乡村的炊烟，是一封干净的家书，把人间的温暖，带给天堂里的祖先。

刘三家的狗，在寒冬中，开始挑逗邻村的一只母狗。寒风压制下的村庄，仍有一些温情，狗的爱情、猪的爱情。其实，在乡下，经常能看到人赶着猪，行走在乡间的路上。人在乡村，是猪的红娘。

寒风起后，柴火垛消失得很快。天冷了，人们再也不敢喝冷水了，洗脸刷牙、和面做饭，都需要一些温开水。圈里的猪，也需要温开了食，才敢倒进猪槽里。

冬来时，人便闲了下来。闲，是村里人最大的敌人。一些人，农活繁忙的时候，生龙活虎，一到寒冬，身体就不行了，病就找上门来，骨头疼，头疼。再说，闲下来，人便会发懒。整个冬天，除了劈开些碎木料之外，人都睡懒了骨头，来年开春，再也不想打磨锄头。

寒冬，火炉正旺。夜深人静时，男人们常常聚在一起，温一杯酒，炒两个热菜，把乡村的冷，打倒在地。

风，除了吹疼村庄，还看村庄的笑话。醉酒的王二，总是一头拱在三哥家的草垛里，一觉到天亮。风，捂着嘴，暗笑王二的样子。

风，把人堵在屋内。一些人，一个寒冬都没出过家门，等到春天来时，在镜子里，一眼就看出自己的不适来。眼边的鱼尾纹，像春天的草，有些繁茂了。这时，才觉得寒风吹彻是一个骗局，一下子骗走了自己的青春。

寒风吹彻，村庄如昔。我在寒风里，回忆着故乡。

当风吹过，我仍会无端念想，念想一个村庄是否安好。

当然，在那里，有我丢失的三十年。

一个人，不刻意记恨，每天都活得风轻云淡，挺好。

萤火虫

乡愁点点，萤火提灯。

有些人，喜欢故乡的明。而我，却习惯于故乡的黑夜。

我在黑夜里，默默地等待着浪漫的萤灯。看它，映照深夜的皮肤；看它，如何刺透这黑色的围城。

许多人，提起黑夜，会想起很多与黑有关的词语。譬如“伸手不见五指”，这词语太有厚度了。我对黑，甚为钟爱，我爱它黑得一塌糊涂的样子。

黑，是世间最干净的所在。白天，我们隐藏初心，或者说，每个人都戴着微笑的面具。在白天，我遇见的同类，都像提线木偶。

一个人，在黑夜里，是自由的。什么都可以干，读书、睡觉。思索与冲动，都是黑夜里最真实的元素。在文明史上，一切性欲的泛滥，都源于黑的诱惑。或者一个人，深藏在黑夜里，什么都不干，就孤独地坐等天亮。

在故乡，我喜欢光的四境界：月光、灯光、星光、萤光。

月光太盛，太浓，我心里实在是装不下。说起月光，唐朝的诗句就汹涌而来，地上、树上、心上，全是唐诗里洇出来的相思。这引起情感共鸣的月光，是一把刀，每一刀，都带着乡愁的血。

灯光昏黄，营造出的意境，是属于乡村的。只是这光，会被灯下农人的劳作所稀释。劳作，会让灯光心生愧意，一盏孤灯，二两清风，略显单薄。

我喜欢河南老乡杜甫的诗句，“星垂平野阔，月涌大江流”。这微光，是我喜欢的。淡淡而亮，温润，有光泽。

最好的是萤火之光，躲在草木之间。它们在乡下，试图寻找浪漫的出口。一点光，在黑夜里，是如此可爱。

我喜欢“月黑见渔灯，孤光一点萤”。光与黑，是一对情侣，相拥着走向我们。但是，这是江南的文字，渔灯在北方是缺失的，唯有草木之上的萤灯。

夜晚的世界，鲁迅是喜欢的，鲁镇的水乡里，罗汉豆正发出香味。一个人，多半会在文字间寻找生命的源头。鲁迅，也会跑回乡下的鲁镇。

我呢，面对故乡，又能想起什么?

闭眼，一股草香。似乎看到一片草，长在故乡，带出些萤火虫的光点。

萤火虫，太小了，以至于我们忽视它的存在。中国人，不伤害它，因为它没有进入吃的范畴，中国人，关心吃，甚于一切。

如果说要构建一个乡土的世界，我会列出一长串账单：麦田、南窗、无花果、萤火虫。

我之所以喜欢萤火虫，是因为它身上有我欣赏的干净。这干净，是乡村的一种原生态，是城市所缺失的。

有些人，追逐萤灯，无非是冲着乐趣而去。这满夜的绿，点缀着乡村的清贫。

一个人，不必用科学的刀，去肢解关于萤火虫的文字。囊萤映雪，是浪漫的，或者说，古人还有一颗童心，还能编织出如此可爱的励志故事。

面对萤火虫，我会提起笔，写到故乡，写到那一些人与昆虫安然相聚的时光。

顺着萤火虫的光亮，一些无睡意之人，会顺便解决掉尿急。夜晚的人，不必像白天那样扭捏，可以肆无忌惮地对着一丛草撒尿，画圈，圈占土地。

白天，许多人，会隐于楼市，只有在夜晚，才呈现真实的人性。

萤火虫，是一把钥匙。

而我陈旧的回忆，是一扇生锈的门。

也许，萤火虫会出现在窗下，听我反复吟诵“小雨愔愔人不寐，卧听羸马乾残刍”的诗句。这孤寂，再一次弥漫在黑夜里。

我爱这干净的乡愁，爱这不掺杂水分的夜晚。

黑夜，如此净。

萤灯，如此美。

白　馍

在豫东，馍比人金贵。

夜晚，日子安静下来，祖父抽着旱烟，说着豫东往事。

那年，逃荒的人多，拖儿带女，一路西行。人像乌鸦一般，覆盖着河南大地。逃荒的人，脸色蜡黄，骨瘦如柴，肚子饿了几天了，没见过一粒米。这时候，人被逼疯了，道德伦理在饥饿面前，轻若无力，一个白馍就能换一个媳妇。

在白馍里，有文化底蕴。一个受人喜爱的智者，在白馍里微笑着，这人是诸葛亮。据说他七擒孟获，战事太久，死人太多，班师回朝时，泸水阴云密布，风狂雨骤，无法渡江。孟获说这是冤魂所致，需要七七四十九个人头。诸葛亮不想无辜屠杀生灵，于是用面食代替，俗称蛮头，最后被讹传为“馒头”。

这馒头，是诸葛亮留给后人最大的馈赠。在豫东平原上，馒头永远走在人的前面，无论年关祭祖，还是田间上坟，馒头必不可少，馒头上桌，排成秩序，人方能跪拜。

我难忘蒸馒头的图景：面拌好，一夜发酵，盖在被子里，被像对待一个新生的婴儿一样地对待。第二天清晨，鸡未啼，人已经在昏暗的灯光下，盘面揉面。

当然，蒸馍是女人的专利，她们在案板前，用娴熟的手法，将一块块面团变成馒头的模样。在豫东平原的乡间，多有这样图画：男人烧火，女人等待馍出锅。

在一团雾气里，女人宛若仙子。白雾弥漫着，灯光也昏黄下来，隐隐约约的样子，将现实的馒头，涂染一层浪漫主义情怀。

第一笼馍，最为关键，如果馒头瓷青，父母皆回忆这些天，什么地方得罪了先人。父亲怯生生地从屋内拿出响炮，连放三声，母亲嘴里忏悔祷告。这些迷信的色彩，一直在我的心里闪光，我并没有感觉反感。

常对着“白馍”这个词发笑，一个民间的风俗跃然纸上。那些年，豫东有女人给娘家带大白馍的说法，有的地方将大白馍叫作枣花。

每当乡村传来婴儿的啼哭声，许多人前来道贺，生的儿子，人戏说为带把的，生女儿俗称大白馍。这大白馍，一下子压在生活上，成为区分性别的一种用语。

乡间的年关，亲戚往来是一种常态，回礼必是白馍。如果哪个粗心的女人，忘了回白馍，一定会引起亲戚的不满，因此断了来往。白馍已成为一种礼节。

乡间常谈一件趣事。村西的刘二，那年去相亲，回来的路上，偷偷打开竹篮子，看见里面没有白馍，甚为生气，就一气之下回到女方家里，要了白馍而去。当然这门亲事也就黄了，但是刘二为父母争了气。在豫东平原，送白馍是回敬对方父母的一种礼节，是一种生活方式。

豫东平原，馍是生活的重心。

红白喜事，菜打头阵，馍善后。许多人，在宴席上，只为等待细白如雪、柔软饱满、透亮润泽的白馍。

乡人对文化崇拜，讽刺一个人没文化，常戏谑说吃白馍念白字。

在河南，白馍是救命的稻草。祖父喜欢吃干馍掉下的馍花，说这馍花好吃，我知道这是饥饿年月养成的节俭习惯。祖母在缺吃少穿的时代，用家里仅存的两个鸡蛋包饺子，为了在饭里吃出丰厚来，祖母把馍花掺在鸡蛋里，味道依旧，只是这鸡蛋，看似多了不少。一些虚假的面具，不揭开，永远温馨。

一些人，在白馍面前，等待日子写史、亲情洗礼。

我钟爱的白馍，在尘世上，是如此安静。

夜雪寄北

这雪，昨晚便开始下了。

雪中，与妻子上街，寻一面馆，里面人很多，只剩下门口位置尚有一桌空着。和妻子坐下，等面。其实，在寒冬，用一碗面暖身，是绝妙的。

食客每一次推门而入，都带来一股风，扑在身上，冷入骨头。在冷的天气里，忽然想起小时候学过的一篇课文——《一碗阳春面》，此时，在寒冬里，忆到往昔日子，着实温暖。

前几天，节气到了大雪，天仍干冷。这“干”字，符合北国的脾气。如果再不下雪，多半会陷入干燥里。

这一日，“大雪纷飞，冬藏于深”，想躲避也不能，在我的微信圈里，文艺气息甚浓。但是冬深之后，日短夜长，日子像风一般，呼啸着就不见了。

一个人，被日子裹着。

窗外大雪纷飞，屋内的我，竟然毫无睡意。总想找一个合适的词，来安慰自己深夜的乡愁。突然，我想起李商隐来，将他的诗《夜雨寄北》题目巧换一字，“夜雪寄北”，刚好符合此刻的雪境和心情。

雪落，小城便安静下来。在乡下，果园全在净白里。我喜欢野外的白描，一树白雪，一田白雪。用梨花比喻，贴切倒是贴切，但似乎掉进古人的诗意里，还是觉得，用云朵或白棉更舒服些。

在乡下，世界如此干净，唯有一片白，倒进世界里。在树枝上，一只飞鸟，坐禅一般，入定在寒冬里。我是误入的人，我的不请自到，让飞鸟略显不适，睁着眼看我，似乎想猜出我的意图来。我却自顾自的乐趣，踏雪，冥想。

一个人，走着走着，就想起了远方。

我想，故乡也该有雪了。但是又害怕大雪覆盖故土。父亲，在白雪中，像一个被屏蔽的人，时常切断儿女的信号。父亲保持陈旧的生活方式，手机于他只是个摆设，他时常想不起充电，有时候半月没见儿女电话，才想起来，一摸电话，早就没电关机了。

我躲在蜗居的房子里，试着拨打电话，居然通了。电话那头，直指人心：“下雪没？”一句话，我知道，故乡的雪，一定从我的童年开始下起，如今，父亲在雪里念想着我们。说了几句，就匆匆挂了电话，再说下去，可能就会流泪。

我喜欢，在白雪里，用“雪事”一词。雪事非是追求风雅，而是在雪里，故事太多。一场雪里，裹着父亲的六十多年。他站在雪里，劈柴，生火。他人生的六十多年，就在雪里，活着。

夜雪，还下着，但是我仍居北方。在西北人烟稀少的小城里，我陪衬着白雪。一个人，躲在白雪里，忆旧，想着回不去的地方。

清晨，不必矫情地赏雪，我的雪，都下在往事里。下了三十年了，每一场，都是那么慢，我像一只落单的候鸟。在白雪里，等待孤独，一枪把我崩了，然后躺在这雪里。

很多人，都笑我的文字太孤寂，似乎没有多少光明。可是，我知道，一个人，不是靠光明活着，而是靠意念活着。不管世界如何，只要我的意念里，有一场故乡的雪事，我的灵魂就是干净的。

夜读郁达夫的《雪夜》，很多人说他颓废，但我不以为然，总觉得他的文字里，有我想要的东西。

夜晚，在白雪里，开一条心路，在里面听到故乡牛羊的叫声，也是美的。此刻，把一场雪，当成回家的铺垫。

故乡，有父亲劈好的柴。

故乡，有父亲温好的酒。

炊烟：一种符号

一个人，被炊烟围住了二十多年。

在这二十多年里，我适应了炊烟袅袅，适应了木熏火燎的味道。母亲，总是用干枯的手，引燃火苗，然后这淡淡的炊烟便飘入高远的青天。

我的前二十年，活在乡下。

那时，厨房简陋，几个木桩，撑起一个茅草的屋顶，便有了生活的温度。

我家的厨房，在村里是独一无二的。那时，尚不懂虚荣，总认为这样的厨房很温馨，父亲加柴，母亲端饭，我和姐姐围坐一圈，火光映照着我们，脸色绯红，很是开心。后来，心蒙上尘埃，便嫌弃起它的寒酸来。

我的生活，开始蜕变，我的行走成为一个与炊烟逐渐分离的过程。后来，我被一列火车带走了。

那年，我来到西安，开始了另一种生活。一个人，不必深夜抱柴，不必考虑雪后湿漉漉的生活，感觉没有炊烟，人竟然也能活命。

在城市，我乐不思蜀，居然忘记那乡愁的符号。

单位停电，我身居在暗夜里。面对着这无边的孤独，这时候，才突然想起遗忘的往事来。

童年的炊烟，是安静的文字，在天空里，书写着自由。乡下，除了贫穷丰厚，似乎一切都比城市要有趣些。

我们看到炊烟，便会尽力深呼吸，吸入那青草或庄稼的味道。

在乡下，祖父常搬来凳子，安居院子里，一个人审视着乡村。他能轻易分辨出燃烧的草木，青草、红薯秆、芝麻秆。他说的话，我不屑于信，当我跑到邻家的厨房内，看到锅底燃烧的，竟然是祖父陈述的，我才觉出祖父对于炊烟如此钟情和了解。而我，仍在炊烟之外。

我家原先的厨房已废弃多年，但是每次返乡，都能从屋顶那熏黑的痕迹里，读出一些日子。

那年，麦子黄了，父母踏着鸡鸣，走出庭院，两把镰刀，两个人，会被拴在我家的十亩麦田上。

我提水、放米、生火，最后闻到一股糊锅的味道，一掀锅盖，一团火苗烧焦了我的头发。水熬干了，这铁红的锅底，这焦黑的馒头，一直活在母亲的谈笑里，以至于多年以后，母亲仍在笑我对生活一窍不通。

炊烟，是乡村的回忆。也许，它也是一部经书。所有逃离的人，都是书写一段干净的文字。

在乡村，如果谁家的屋顶是干净的，多半证明这院子是被生活冷落的，或者这院子里的主人是一个晚辈后生。长辈的屋顶或墙壁，一定有一段富有想象的壁画，是炊烟涂抹的素描，或后现代主义画作。

在乡村，炊烟袅袅，我却飞远了。

我逃离故乡的炊烟，一个人在城市的电器时代，开始锅碗瓢勺交响曲。但是，总是觉得在这干净的地方，我是失忆的。我命里被炊烟覆盖的孤独，以及被炊烟熏染的前半生，就这样不见了，就这样丢失了。

祖父，也走了，他带走了炊烟的气息和乡村安居的哲学。

我仍不敢去想。一个看不见炊烟的人，是可怜的；一个没有炊烟的中国，是悲哀的。这个世界，再也没有农耕文明的痕迹，它有了新的宿命。

可是，唯有我们这一代人，还未完全失忆。也许，在一个大雪封门的日子里，我们会蜷缩在屋内劈柴、生火，看炉子里跳跃的火焰，听炉子里那噼噼啪啪的炸裂声。

那时，炊烟袅袅，我在炊烟里，重新复活，一起复活的，还有一个温暖的村庄。

炊烟，会记住一个世界。

那里，云淡风净；那里，草美雪白。

那里，住过亲人；那里，我仍童真。

瘦风·瘦影·肥雪

描述冬日的风，也许只有“瘦”字适合。一团风，吹过街道。叶子，落了；草，也卧身而眠。这冬天，一下子就瘦了。

瘦，是冬天的思想。土地，空了；落木，干净。人类，只负责找一些合适的意象，来表示风吹。屋顶的瓦片，泄漏风的声音，呼呼的风，从瓦片的缝隙里，偷入室内，吹动炉子里的火苗。

有风吹来。日常的生活里，都隐藏着文学的因子。动的树枝，嘎吱嘎吱响过之后，会落下干柴。也许，和静相伴的，只有远处树上那些麻雀了。以动衬静的村庄，风会掩埋一切，牛羊的叫声，也是瘦的。

总之，冬天的印象，就是瘦，瘦得深刻，瘦得生动。

没雪的冬天，还叫冬天吗？

正抱怨着，雪落了。我喜欢，落雪的味道。天地，是干净的。一呼吸，能吸入半斤清冽。

其实，在北方小城，落雪也挺有讲究的。一般来说，那种薄薄的雪，是引不起精神的。雪，心不在焉地下着；人，心不在焉地活着。

地上没有积雪，多少有些不合人心意。

要下，就下那种鹅毛大雪，下一天也罢，两天也好。雪，羡人啊。望见雪，如见故人。林冲，和雪似乎有隔阂，那场风，那场雪，让他的人生面目全非，家是回不去了，只好蜗居梁山。可我，却喜欢那样的大雪，觉得唯有如此才过瘾，才能让唐诗宋词里的大片雪词，有些汗颜。

雪落了，最好是大雪封门的那种。只有这样的雪，才称得上肥雪。一个“肥”字，改变了诸多趣味。冬野，粮食尽了，飞鸟，是瘦瘦的那种，它站在树枝上，不言语。这野外的树，被雪包着，都有肥肥的枝条。风吹过，如果风不大，只能飞起雪沫，只有大风，那一咕嘟一咕嘟的雪，才会落下来，啪啪掉在积雪里。瘦鸟，在肥雪里，是绝妙的搭配。

雪大，雪肥，才是美的。大雪纷飞，人都猫在家里，只有野外，几声鸟鸣，和村里的狗吠应和着，让寂静的世界添些动静。

雪，是乡村的衣服。雪化了，衣服就不见了，唯剩下赤裸的村庄。所以，冬天下雪，是让一些人，在雪的教堂里净化灵魂。雪的教堂里，没有经书，只有一个白白的意象，越修越空，最后剩下淡淡的素雪。

古人，对于雪，比我辈的感悟要深，比我们要通透些。是因为他们和自然，早就融合了。夜半，在灯下读《世说新语》，读到王徽之，便笑了。原文大致如此：

王子猷居山阴，夜大雪，眠觉，开室命酌酒。四望皎然，因起彷徨，咏左思《招隐》诗，忽忆戴安道。时戴在剡，即便夜乘小船就之，经宿方至，造门不前而返。人问其故，王曰：“吾本乘兴而行，兴尽而返，何必见戴？”

这人，是如此性情，也许魏晋人物，大多如此，譬如嵇康、阮籍、刘伶、王羲之。王子猷，作为王羲之的儿子，立功立德立言，都不见历史记载，但对于人生，却如此洒脱，哪像我们，憋屈在雪里。我辈，不解雪意，不懂风流，更无什么雅志。我说的风流，不是乱性，而是文化层次上的雅。

没风，村庄愈静；没雪，村庄似乎少了精气神。只有瘦风吹过，雪肥得可爱，村庄才是鲜活的。

我喜欢在有雪的野外，一个人感受着空寂。野外，是和城里完全不一样的，这里，没有喧嚣，没有肤浅，只有灵魂的声音，藏在雪里。

在这个小城，没有梅花，也无故友，只能一个人和雪对话。如有兴致，也能沿着山路，看飞鸟的脚印，欣赏这满目空旷的雪。

说到雪，似乎应该隐居乡下，用文火，炖一锅烂白菜。肉，最好不要，雪是素的，人也应该吃素才对。雪的风骨，除了喂养梅花，我觉得还应该喂养一些木心。

在大雪里，一不小心就会走神，对于一个诗人而言，自然会念着唐诗的好，离家多日，故乡在大宋旧地，每一场雪里，我都闻见宋词的味道。汴京的大雪，在意境上漂浮，苏轼、姜夔，都脱下蓑衣，拍打着雪花。

这肥肥的雪，让我想起同样肥的唐代，那些关于雪的句子，是肥的吗？“绿蚁新醅酒，红泥小火炉。晚来天欲雪，能饮一杯无？”这晚来的雪，太能勾起想象力了，我想应该是那种肥肥的雪。翻来唐代的画，看到王维的《雪溪图》。王维，总是钟情于自然，这雪自然也是美的。说起溪水，倒觉得生动，总有缓缓流淌的声音。北方的河，干涸的时候太多，让人觉得无趣。在我的字典里，总认为溪水是动的，干净的；而河水则不然，河却是静的，死板的。

夜晚，月亮在上，月光白银般泻下，雪在地上，素缟般覆盖万物。两白相加，不见他色。我喜欢庄子的虚室生白，也喜欢陶渊明的“虚室有余闲”，“虚室”一词，直指精神。唯有精神，才能摆脱物资的围城，切入灵魂。

此时，瘦影肥雪，月光的瘦，让冬没有多余的脂肪。你看，月光瘦，灯光瘦。一些瘦影，在肥雪里，这是多么美好的诗意啊！

瓦：典当的旧物

在故乡，“瓦”是大词。

一片瓦，庇护着满村的人。其实，瓦，除了高举着现实，它还一头扎进中国的词汇里。

瓦蓝，是一种颜色。在故乡，唯有一片瓦，为生活保留着原始的情趣。瓦蓝，更是一种乡村的审美标准。瓦蓝，在屋顶，构建了古朴的小镇。

在中国，瓦是女性化的。

弄瓦之喜，说的是女孩。用瓦去修饰女人，也算是文化遗产里的经典。瓦与女孩，有何联系？似乎看不大清楚。

但是在故乡，有一种游戏，叫抓子，确实是女孩的专利。那道具，就是一片碎了的瓦，磨成圆形。手是否灵巧，要看磨的碎瓦是否光滑，更要看玩这游戏的女孩，是否玩得得心应手。

在故乡，这游戏，丈量着女孩的灵和巧。

其实，在天、地、人之间，也只有瓦能转承启合。

古人，讲究神的旨意。宗族的碑，在祠堂里，不管有无意义，就那样供着，堂上一片青灰的瓦。瓦是泥土的孩子，它经柴火燃烧，痛苦地涅槃。

一片瓦，承载着泥土的味道和古人的习俗。人安居瓦下，才能逍遥。

在豫东平原，房子大于一切，有了房子，便有了媳妇，便有了后代。于是，砖头和瓦，是一道体力大餐，我记得，那些光膀子的男人，肌肉发达，汗滚着，不过为了一窑砖瓦。

开窑时，村庄沸腾。

一旦出现一窑琉璃头，主人多半心里窝着气。其实，在现在，“琉璃瓦”是一个高端的词，然而那时的琉璃瓦，非现在的琉璃头，多半是不能用的，是没成色的瓦。

我的三爷是烧瓦好手，他手里的瓦，都是有生命的。三里五村的人，都知道三爷烧的瓦，有品相，没有疙瘩。颜色好，是那种瓦蓝的。另外，他烧的瓦，盘踞屋顶，有精气神。

后来，三爷老了，不再烧瓦，可是他最惦念的不是儿孙，是一窑好瓦。

时光流逝，房子愈发大气。也许，在我的故乡，瓦成了破落户。

平房的诞生，让瓦成了后娘养的孩子。一个村庄，瓦越来越少。

风起，雨来。瓦，是一条流动的河。

如果有一片瓦是松动的，那么，屋内定有漏水声，父亲慌忙用盆子接水。闭眼，滴答滴答，多么富有节奏的音乐。雨过后，父亲会爬上屋顶，东看看，西看看，最后，补一片瓦，就拯救了一座房的城池。

村里最有学问的先生，去过西藏，去过汴京城，在那里，见识过那些宫殿之瓦，它们有贵族气，是那种金黄色的基调。

在故乡，茅屋采椽，瓦，是后来者。在乡村，瓦就是大户。但是，在帝王家，瓦又是贫民。

我记得，我十来岁时，家里拆房子，先是从瓦退起。

一片瓦，一片瓦，像一摞码好的文字，堆放在院子一角。

小时候，看别家盖房，需要一个人扔瓦，三五个一起，不散，不落，甚是安稳。我试着扔三五个，散了一地，差点砸到我的脚。

这堆瓦，再也没有动过，后来觉得碍事，便要求移除。

一片瓦下，有蜘蛛，有蛐蜒，有蚂蚁，有臭虫，有蛇，这堆瓦，就是一个动物的世界。瓦在乡村，喂养了一些看不见的动物，也喂养了一些看得见的植物：瓦松、瓦上草。

瓦松，是一种药材，在乡村，受人尊敬。长着瓦松的瓦，艳羡了一村的眼。

自从瓦片安居后，一切都安稳了。

孤独的燕子，在此筑巢。

每年春天，“旅食惊双燕，衔泥入此堂”。此地，我是堂主，起名双燕堂。

双燕堂，是我的书斋，也是我的卧室，我在里面读书，写下与自然最为贴近的文字。想着这，我想起项脊轩、抱膝轩、饮冰室。

雨敲瓦，是一种优雅。

屋檐下，滴水的瓦当，发出平仄的音调。

有雪压来，屋顶落雪。这犹如民国女子的旗袍，曲线优美。

雪再大点，便平了。我的目光，落在瓦之外的雪上。

如今，瓦覆盖的城市，已成绝迹。

楼市成群，是一个时代的悲哀，还是一个历史的悲哀，没人说得清楚。

我一个人，静静地读着乡村。

灰瓦，也成了一种上古的典籍。

一个人，等待一个懂瓦的知己，在夜半或雪浓时，来寒舍喝几杯老酒。

春雪记

二月初一，中雪。

二月初二，大晴。

天气，如此任性。它，在春的庭院里，突然变了脸。

小城的人，也顿觉无措了。不知道，是应该加衣，还是应该减衣。

这雪，打乱了生活的节奏。

这种陈述的文字，似乎要刻意隐藏一个人的情感。

其实，这是何苦呢？春雪带来的惊喜，在人心里蔓延着。

我想，在故乡，邻居二牛定会抱着一堆干草，慌慌张张地走进牛棚。这雪花，也被他带进牛棚，一抖身，雪落了，瞬间融化。

雪化了，是一种宿命，雪堆在一起，也是一种宿命。

大街上，急走的人，也会带走雪。

一片雪的命运，它自己无法控制。它被风带进粪坑，就死在恶臭里；它被带进草木深处，就闻见了清香。

一片雪，是短命的。

当我们自悲人生苦短的时候，想想雪，是否觉得自己有些矫情?

雪命如此短暂，尚且能舞一舞风，看一看人间，它把自己丢给树，丢给草，丢给山崖。

我不知道，雪是否有记忆。

这想法多可笑啊！雪，不会记起往事，而记得往事的，永远是人。

雪来了，一些人，会在雪里复活。

父亲的胶鞋、祖父的烟斗，都与雪有关。我，还未梳理完一场雪的具体细节，就早已泪流满面。

其实这么多年，在人的心里，都隐藏着一场雪，这场雪是如此温暖。

春雪落下来，路就白了。

白，是人间最干净的文字。

我多想，在房子内，听听雪落的声音。但是我听不见，就如同我听不见一个人的前三十年一样。

适逢一场雪，留给文字。

听寇老师讲《祝福》，讲到鲁镇，便想起文化的痛楚，想起人性的痛楚。便觉得这雪，冷到骨头里。

一场雪，让我记住了民国的旧俗!

在鲁镇，爆竹声和雪花拥抱在一起。在陕北，雪花和安静拥抱在一起。只是，它们之间还隔了一层雪。

这层雪，让每个人都看到了一个属于自己的世界。

我多想安静地看会儿雪，什么都丢下，不管不问，看它落在头上、身上。这么多年，我从没有看清过一片雪花。是自己太大意，还是自己真的看不起一场雪，我不知道。

雪花，不挑剔土地。那些所谓贫瘠与丰腴，都是人心头上的偏见。

在春天，有一种最美的花，很独特，很安静。它，不是妖艳的桃花，更不是素淡的梨花，而是一片雪花。

我走了这么多年，不知道故乡是否还会有听雪写字的孩子。他们趴在凳子上，被灶火映红了脸。那歪歪扭扭的文字，如雪一样干净、简单。

人，越走越累。雪来，也无兴致；雪走，也无所谓。只有雪，保留着纯朴的民风，它不说人坏话。人，却在雪里，说雪的坏话。

也许，懂春雪的，不会是人，可能是一棵树，或者是一围墙。人们，用自己的喜好去判定一场雪的好坏；而草木，永远安静地拥抱它。只有雪，不用扫帚，去铲除一地的浪漫。

我想，人是应该静下心，听听雪。

或许，会听到更多的感动。

一把蒙羞的锁

春来，燕子落巢。

一些人，却不留恋春天，扛着蛇皮袋，走了。也许，在故乡，这样的画面是让人心疼的。

人走后，只剩下一条狗，蹲在门前，望着路口；一把锁，在门环上，泛着锈色。村庄，有些安静。

门，很阔。春联，已部分脱落，只剩下一些隐约的喜庆，似乎还是乡村的味道。

最怕下雨，一场雨，就会有一把锁患上风寒，它们湿了，冷了，它们渴望一双怀柔的手，用一把略带温度的钥匙，打开一扇门。

这门，太厚重了。

它关过春天，也关过冬天。最后，关住的，是一座即将陷落的村庄。

在一扇门前，我似乎找到了线索：这家主人的父亲，埋进了东边的土地，这家主人的母亲也被孩子，带进了城市。此地，只剩下一把蒙羞的锁，和一个明媚的春天。

这锁，很年轻。

它的主人叫二狗。年轻，有闯劲，折腾着就进了城市。

买它那年，二狗才十五，和我一起走了五里的土路，才来到镇上买了它。其实，这锁很普通，二狗之所以选它，是想多看一眼老板的女儿。也许，这锁到死也不会明白，它的主人，是用它充当了信物。

这秘密，只有我知道。可是，我无法和一把锁絮叨，它闭着嘴，一副不关心人间的样子。

三年后，二狗十八，就和老板的女儿一同消失了。

后来，二狗混得人模狗样，再也记不起这一把拴住姻缘的锁。他把锁扔在乡村的门上，任它自生自灭。

在乡下，风向变了。心是明亮的针，每一颗心都很扎人。我不敢和人交心，那些谣言的风，比村庄的风，更快。

我在心里，也上了一把锁。

其实，说起锁，我并不陌生。三岁那年，我被一把锁拴了起来。

祖母觉得，那是长命锁，能锁住命。我在大人神圣的仪式里，愈发地害怕死亡，从此便陷入迷信的思维里。

一个人，心背一把锁，再也打不开了。后来，读书才发现，锁是一种刑具，原来是我被它施刑太久。

一把锁，除了给门施刑，更重要的是，它还给人心施刑。

那些年，人心比现在干净。邻里之间，墙只堆砌了半身的高度，就不再垒了，否则，就伤了脸面。

鸡犬相闻，不只发生在桃花源里，故乡也有，并且还很安然。是一把锁，外加一堵墙，改变了乡村。这锁，从人心上跑出，带着一些偏见。

一把锁，把一些人关进门内，把另一些人关在门外。

墙内，一家人，围桌而坐。

墙外，只有桃花，孤独地开着。

房子是孤独的。再也叫不醒一把锁。它们静默，只能远望而不能透视烟火生活。

村庄越来越孤独，只剩下一些老鼠能洞察先机。这是多么可怜啊！

人，再也回不到以前。

那时，我们脸色红晕，迎着风，走在回家的路上。可是，锁将军把门，一把锁，把我挡在门外。我只好用铁丝，捣鼓着开锁，居然打开了。从此，一个人，面对一把锁，便有了当贼的羞愧。

也许，故乡，是一个锁的世界，或者是一把锁的博物馆。它代表着一个村庄被锁住的日子。

一个人，误入村庄，便会遇见一把把锁，它们或庄严，或滑稽，都挂在门上，像一个受刑者。如今的故乡，走进村子，街道仍有泥土的气息，但有一把把锁，在故乡活着，犹如一行行幽深的文字。

房子虽明净，但人走了。

一把把锁，是村庄唯一的臣民。只是它的君主，迷失在城市里。

其实，在故乡，有一个叫锁的女孩，是我的初恋。只是，故乡的苦难，找不到一把让她沸腾的钥匙。

后来，她走了。带着决绝，离开了村庄。

那天，风还是这样，有点冷，似乎还飘着小雨，只是握伞的人，是另一个男人。听说他有城市户口，是个瘸子。也许，娶走她的，不是这个瘸子，是那个城市户口。

后来，再也见不到那个叫锁的女孩了。

我能看见的，是这些把守村庄的锁。它们，从春天开始，就孤独地等待。也许，年关时，他们就会回来；也许，这辈子，他们也不会回来了。

一村留守的门，是一种意境，它们内心向善，却无法阻挡住恶。

那年，刮了一夜的风，一把沉默的锁，被人打开。它喊叫，但是没人理会。后来，一个女孩，被奸淫而死。

也许，这是一把锁，一辈子蒙羞的事情。后来，锁老了，再也没对人说起过这往事。与锁绝交的，只有一股浮躁的风，它来自城市，或来自现代，谁也说不清楚。

只知道，一把锁，死了，死在门上，死在无人问津的渡口。

在一幅油画里，我遇见了一把锁。它孤独地坐落门上，身子，已被雨打湿，呈现出黑色。

锁，封闭了村庄。

雨中忆青苔

当我写下这两个字的时候，有些恍惚了，我似乎又变回了那个喜欢乡村的少年。雨后的中原，是我喜欢的模样，安静，清亮，许多动物，也闭嘴了，原野仅剩一些俘获人心的凉，贴着肌肤。空气里，弥漫着淡淡的乡村味道，是那种说不出的感觉。

陕北的气候，不同于河南老家，那种雨后黏稠湿热的味道，这里是闻不到的。没雨的时候，风就站在高处，不停地吹拂那些焦躁的人心。有雨了，天就凉了下来，一种原始的野性，活在这里。雨水，在草叶尖上闪耀，许多昆虫趴在叶的背面。

这时候，最动人的，莫过于去看青苔。那绿绿的颜色，似一种招魂帖，把一个人的人心，引过去。

雨后，总会有一个失魂的孩子，面对这一片片青苔，他不说话，从早上看到日暮。许多人都说我傻了，其实我知道自己没傻，我生发了一片洞察先机的心智。一个人，在青苔中，忘记无聊的游戏，忘记日常毫无意义的作业，忘记人间那些空洞的说教理论。

我在青苔中，邂逅了一个从未见过的自己。另一个自己，有些孤独，喜欢一个人来林中看鸟。鸟在天上飞，他在青苔上静坐。

母亲说，这孩子病了吧！

祖母也很担忧。

原来，在很多人的内心里，都藏着一个隐秘的角落，那里是如此孤独，是如此吸引人。也许，如果不是我对一片青苔着迷，我可能看不到她们内心的另一面。她们失去了日常的随和，变得越来越严肃。

只是她们的语言像一个婴儿，在她们的交谈中，我对青苔的理解又前进了一些。

青苔是一群孤独的生灵。

我这样定位它们。它们躲在雨水里，这到底让我想起了江南。梅雨，总是能滋生青苔。青石板上，有青苔；桥头的隙缝里，有青苔。凡是雨水冲刷的地方，总有干净的灵魂，青苔，是干净的灵魂的另一种转化。

我觉得自己也是一片青苔。

我总是莫名地遇见一片雨水，在魏晋里有，在唐朝里有，在宋代更多。我顺着一些文字，长出青苔，青苔像我的翅膀，让我可以飞到任何地方。

青苔从来不出现在热闹的地方，越是孤独安静之地，它们越活得滋润。它们和一些动物相伴，黄鼠狼、獾和一条我行我素的蛇。这些家伙，都是一群独立的生物，它们偷，它们狡猾，这多少让我想起了人类。

人类，缺少青苔。

因为他们不喜欢雨水，不喜欢一切与安静相对应的事物。他们喜欢躲在城市里，透过窗子去看风雨。

我记得我的乡下，在雨中，总是一具蓑衣、一截木棍和一路泥泞的脚印。布鞋多半不能穿了，鞋的底部沾满了泥巴，只好赤着脚。一个少年，会在赤脚中认识到自己的渺小，否则，他总是以一种失真的心态，去屏蔽自己的缺陷，自大地活着——这也是今人的一种悲剧。

赤脚行走，才会静下来看看青苔。

青苔，在阶前。

许多人，喜欢在屋内坐着。

许多隔膜，其实质只是几步的距离，走上去，看看庭前的花、云，或许，就会看到一片青苔。

青苔，在我生命里，到底意味什么，我也不知道；我只知道，它们喜欢和雨水相爱，喜欢给一个干渴的人间下几句雨中解酒的诗。

青苔，一直都在雨中。

而那个少年，已过而立之年，他远离家乡，远离槐树林中那一片青苔、蘑菇。

青苔遍布林下，而识雨趣之人，越来越少。

父亲算一个，他每次面对雨水，总是想起庄稼，想起青草。他一个人，在雨水中，听见了欢喜和悲伤。

那年，一片水草被暴雨所淹没，同时庄稼的根也腐烂了，父亲哭了，哭得像个婴儿一样，眼泪是如此清澈。

父亲不懂青苔，只懂雨水。

而我却不同，我懂青苔，懂它身上泅湿的时间。

与水有关的记忆

三十多年来，我总是莫名地想起那条河。它如一条水蛇，常常溜进我的梦里，撕咬我对于一条河流的记忆。

那条河，叫潜河。

它源自哪儿？我不想考证，我只想陈述一条河流真实的生活。

一条河的出现，是我始料未及的事情，我原本对于北方河流的干涸，已经习以为常，突然，在一场雨后，它溢满了水，布满了蛙鸣。

水生草木，是一句老话。

有水的地方，必有丰盈的水草。这水草丰美，貌似一天比一天高了。青蛙隐于其间，时常鸣蛙声，声声入耳。

这水草，看似美丽，谁也想不到，它又包藏哪些未知的事情。

雨后，按理说应该家中静坐。但是地里的玉米，倒了一地。三根和媳妇吃完饭就闪入地里。中午回家，没看见孩子，也不以为然，乡下的孩子野，会撒了欢似的满街跑。都到了吃饭的点，怎么还不见人？他们坐不住了，就一家一家地找，突然他心里一阵疼，他有一种不好的预感。

他们顺着河流找，在河里，只剩下几根头发，还在水面上漂浮。他跳进河里，一拉，没拉动，他知道孩子被水草缠住了。也许这水草一辈子都在他们心里长着。孩子，身子鼓囊囊的，用手一按，鼻子、耳朵、嘴，全部流出水。他知道孩子没救了。媳妇不吃不喝，哭了两天，然后将孩子草草入坟。

也许，死亡和活着很近，只有几分钟的距离。几分钟前，他还叫着妈妈，几分钟后，他就去了彼岸。

乡下，对死亡看得轻。

这孩子死后，三根媳妇又生了几个孩子，这孩子很快被人遗忘了。唯一想着他的，是我们这些孩子，我们怕那条河了。

我们不敢靠近那条河，觉得那条河晦气、可怕。一旦靠近它，便觉得冷意从身体内冒出。可是父亲不怕，父亲喜欢把马赶往河边，然后把它拴在树上。父亲一生有三大爱好：洗马、抽烟和看云。

抽烟，是乡村交际的道具；看云，是农耕文化的重要一环；洗马，是乡村所独有的。

每天晚饭后，父亲牵着马，在固定的位置停下来，他慢慢地为马整理毛发，为马清洗。这地下的草，也因洗马的恩惠，而长得格外引人注目。

父亲老了许多，这河也老了许多，当初的那匹马，早就不见了。

这就是生活，当我们站在原来的位置时，却发现历史的格局变了。我们每一个人，包括这条河流，都延展了一个村庄的长度和宽度。

这河里，有太多的女人，有浣衣的，有跳河的，每一个都在心头动着。

浣衣的女孩叫二粉，是苦命的孩子，无论春夏秋冬，这条河都属于她。她的父亲瘫了，她永远有一盆洗不完的衣服。她漂亮，她紫葡萄的眼睛里，有水草，有清澈的河。后来，她走了，她考上了大学，是带着父亲走的。

跳河的女孩，我忘记了名字，只记得父母不同意她与相恋的男孩的爱情，便有了死心。也许，在乡下，活着永远是大事情，父母不管了，她与父母之间，有了一条河。

这条河，仍向东流去。它内部隐含着太多的神秘，这是我们所不知道的。它内部的水草，比我们更清楚一个村庄的隐私。

一个女人，闪入一个男人的怀里。

一个孩子，偷吻了一个女孩。

这些它都知道。它还清楚每一个月份的味道：一月的棉柴，有些滞重；五月的新麦秸秆，有股淡淡的清香。它通过炊烟的味道，理解一个村庄的温饱。

也许，它比人更有资格对一个村庄指手画脚，但是它不，它总是安静地待着。指手画脚的，永远是村里那些菲薄的人，他们用一种自以为是的目光，把村庄看轻，把庄稼看轻。

这里的人，一个个都走了，唯有河流不走，它藏匿着一段编年史。一个人回乡，看见这条河，便想起一些往事，人生所有的好与坏，便一起涌了上来。

这条河，在地图上是找不到的，它也没有一个名人为它增光，老子的涡河，比它幸运。三十多年来，这村庄破了，这河流老了，只有它身上的历史，还年轻着。

如果把一条河流的内心剥开，便会看见一个孩子，在它的面前戏水，看水草，看日暮归鸟。我对这孩子很熟悉，因为这个孩子就是童年的我。

光阴的渡口

让一个人谈虎色变的，只有光阴。

它冷漠，毫无悲悯之心，一转眼就吹白了双亲的头发，顺便也把我的前三十年吃掉。

此时，南窗下，一把生锈的镰刀，紧紧咬住了光阴。它原始的样子，仍在我记忆里活着。那时的它，仍有锋芒，它包裹着农耕文明的倔强；仅仅十年之久，它就老了，被时间淡忘。

要不是我胳膊上的旧疤，我也不会对镰刀的黑铁时代如此耿耿于怀。每当风起时，我的伤口，很疼，我被这疼带到童年的安静里。

童年，有一个数蚂蚁的孩子。

他躲在梧桐树下，看一只只蚂蚁，把童年的往事，搬进蚁穴。

安静，是那个时代的名片。

安静里，还保留着我的狡黠！

那时，我一个人，在母亲监督下，去数无花果的果子，我故意漏数掉几个，母亲居然信了。夜晚，人睡下后，我用漏下的那几个无花果，偷偷果腹。多年之后，我才知道，母亲的眼，是经受过苦难的，她能丈量一尺布，能估量一根针，这一眼看透的本事，是被生活逼迫的；这不算细微的无花果，她不可能数不清楚，这分明是她的关爱。

光阴，沉淀成一本字典，母亲在第一页上。时间，把她从光鲜一直写到苍老，她把自己的一生浓缩在这里。她一个人，沉默地躲在字典里，把村庄的每一条街、每一所房子，都细细地铺展开来。

从一个地方，到另一个地方，都挟裹在时间的流水里。哪里是渡口，谁也说不清楚。

“渡口”，是一个充满诱惑的词，或者是一个危险的词。

我想到溺水，想到晚渡。

暮色苍茫，是时候回家了。

这家，在光阴里，已变。

一个人，从母亲的此岸，被岁月摆渡到妻子的彼岸，中间的水，一直向东流去。我想起孔夫子的“逝者如斯夫，不舍昼夜”。母亲的岸，空了，时间充当了摆渡人。

身体渡河之后，我就抛弃了村庄。

一个人，在他乡，会莫名其妙地想起一些荒诞的事，譬如我身上的味道，是否还混合有麦子的气息。

一个人把身体扔了之后，只剩下灵魂了。我不知道如何去保鲜灵魂，我把它嫁接在文字里，写诗，写远方。

喜欢一个人，独坐灯下，打开一本书。最好是余华的《活着》，或者是一本马尔克斯的《百年孤独》，把生命的长度梳理清楚，再去分割一个纵向的河流。

也许，一个人，和一片青草，都属于村庄。只是，人面对黑暗，会怕，会自己吓自己。人远没有青草的涵养，青草，永远是安静的。

其实，先离开村庄的，永远是那条叫黑子的狗，它头一歪，走了。这安静的样子，多像人啊。

狗，有渡口吗?

也许，很多人说没有。

他们从没有观察过一条狗，他们习惯于以一种高其一等的心态，来给身边的事物命名。

狗的渡口，是柴门；鸡的渡口，是土墙或者树枝。这渡口，是乡村式的。它们，把一个村庄的老人，慢慢地摆渡到生存之外，同他们一起走的，还有动物本身，它们比人安然。

世界上，最厉害的刀，是文人的笔。他们一刀刀把光阴凌迟，一笔笔，把日常的琐碎写进书里。

他们，以光阴为河，摆渡完实物，又开始摆渡灵魂。

也许，一个人，是该把光阴大写了，它，偷运过太多的禁品，譬如青年的性、老人的孤独。

我捡起一片叶子，好像旧相识，它是我的摆渡人吗?

我问自己，问风，问云。也许是，也许不是。它在春天，把一朵桃花的诗句扔给了我。它在秋天，把一秋的落叶扔给了我。我还没转身，就老了一岁。

我的渡口，有船。

母亲是摆渡人，父亲也是摆渡人，我给我的渡口起一个名字，名字就叫草儿垛——我的村庄，它一直活在我的命里。

一匹白马的忧郁

我，总是把白云想象成白马。

清晨，我看见一匹白马，跑进天空。这白马，自由自在，在蓝底的幕布上，吐着轻盈的白烟。一阵风吹来，它就跑了，跑向哪儿，我也不得而知。我只知道，一匹马，在我的心头被爱着。也许，很多人都无法抗拒一匹白马奔跑的姿态，它在空阔的平原上，是如此健美。

这是许多年前的事，如今的平原，白马不见了，只剩下忧郁。“忧郁”或许是一个另类的词，它总让人提不起精气神。那时，天很蓝，云很白。所有这些美好，都无须刻意追求，推门就看得见，它们似乎永远都是那么干净地在乡下待着。

如今，白云不见了，取而代之的是灰色的天空，以及更为灰色的灵魂。写这些文字的时候，我怀有一种悲剧的情怀，一种对现世的绝望，或者是一种对雾霾的无奈。

是啊，这人间，仅存烟火。

烟火深处，有一些看不见的东西。我似乎看到，在故乡的土地上，一个人，正摸索着。他的眼，已看不见人间的样子，他的世界里只剩下声音，他无法想象雾霾的样子。

他把世界想象成白色的墙。我觉得，再也没有如此贴切的比喻了，纯洁的想法，被堵在墙内。

他被村里的孩子戏谑着围观，他们嘴里喊“瞎子”，其实我知道，他没瞎，只是病了。这病的学名叫白内障，是一种眼疾，如果动手术，还看得好，但是没有一朵云，能飘进他的瞳孔里，他没有钱。

说到这，我似乎有些愤怒了。一匹白马，只能在天上奔跑，也是一件悲伤的事情，它回不到它的草原。

一个人，注定与白云无缘。

他困顿，他用一个村庄的缩影，去寻找雾霾，后来他知道什么是雾霾了。他心里的雾霾，就是一个人被生活困住的模样。

我记得，那是一个有雪的冬天，雪花和白马一样白。他死在了这个冬天，死的时候，是如此孤独。只有白雪和北风，还不避嫌底层。

我记得那一年，刚好读到一个诗人的诗：

天上的白云，真白啊，真的，很白很白，非常白，非常非常十分白，特别白特白，极其白，贼白，真是白死了，啊！

也许，那一年是一个属于白的年份，白云干净，雪花干净，就算一个诗人，仍用十分啰嗦的语言，去渲染一个白的存在。

他的身体，似乎不白。人已僵硬，且黑瘦。这是我所能用来为他定义的最准确的词。他是怎么死的，也没有说清楚。有人说他跌倒致死，有人说他看见了白马，就追逐着跑进雪里，最后迷失了方向，冻僵了身子。

所有的这些，似乎都在陈说一种死的定义，我关注的不是这些。其实他的死，只是或早或晚的事，我关注的是一个人死后，是否有白云。

那天，确实有一匹马，跑进天空。

此后，村庄如同什么都没发生过。

我，有些难受。一个人，突然产生喝杯小酒的想法，不知是为了驱赶身体的寒冷，还是为了驱赶灵魂内部的寒冷。一杯酒下肚，这酒水顺着我的肠道，遇见我滚烫的血，便如一片炉火，邂逅一堆雪。忽地一下子，世界就不见了。

冬天就这么来了，切切实实地来了。我无法用一堆易折断的草木与它抗衡，我只能用炉火，用滚烫的红。

似乎，这时候，我被一些东西逼在死胡同里，是啊，这一冬的雾霾，是如此可恶。我呼吸道感染，如同被一个人捏住了鼻子，有一种快要窒息的感觉。我从不惧怕死亡，但是我还是惦念一匹白马。

也许，只有在如此孤独下，我才发现我命里的村庄，和我一样，需要一匹白马的拯救。

我活明白了，一匹白马的忧郁，是这个时代最好的隐喻。

一匹白马，如此白……

蛙 鸣 记

雨落，天地顿安。

乡村，只有在雨后，才有古诗里的模样。你听，那一声接一声的蛙鸣，工整，对仗，多像青蛙写的诗行。

蛙鸣的绝美，在干净的意境里。一个村庄，草木安静，池塘水满。一些草，被水淹没，只剩下几处草尖，尚在水外，微风一吹，起伏不定。

人，无事可干，便聚在门洞里，摆棋，厮杀，把日子往安静里过着。

两个人，皱眉，思索。一群人，站在身后，七嘴八舌地谋划，左右着时局。有些人，中途变节；有些人，从一而终。这就是棋盘，关于人生的棋盘。

观棋不语者，乡村甚少。他们叫嚣的声音，惊醒了青蛙。青蛙似懂人意，从远处传来蛙声。说池塘，那是文雅的叫法，乡野之地，如果按照原生态的叫法，那就是坑。一块凹地，存一些水。

有水，便有蝌蚪。

水草深处，蝌蚪是主角。它游弋，它肆意，它把乡村当家。

说起蝌蚪，便想起童年。一些人，一些事，呼啦一下子，就不见了。

童年时，那个一起逮蝌蚪的女孩，如今去了城里。上次回乡，在郑州偶遇，她一脸的浓妆，已不见旧模样，我无法把她和童年绑在一起。

其实，第一面，已然失望。

她说，她喜欢城市的灯火，喜欢顺着城市灯红酒绿的方向，往前走一段，不想结果，不想未来。

而那些坚守乡村的人，也被生活的厚重压制住，他们不屑于观察一池蝌蚪的叫声。后来在《美学》课本上，遇到齐白石老人《十里蛙声出山泉》，便觉得那是一种简约之美，言外之味。那幅画被美学老师说出了许多好处，而我趴在桌子上，暗笑，这景象，乡村太常见了。一片蝌蚪的背后，必然有一片穿透安静的蛙鸣。

原来，美学上最本真、最内涵无尽的美，一直待在乡下。

蛙声篱落下，草色户庭间。

这诗，写得太好了。一下子把人带到雨后。十里蛙声，便凸显了田园。

黄昏烟雨乱蛙声。

一个“乱”字，可以知晓蛙声阵阵。夏天之美，在于蝉鸣和蛙叫，这两个，没一个安静的，都是管弦乐。或者说，它们是宋词里的苏轼，或辛弃疾。而秋后的蟋蟀，则满含柳永的余味。

蛙是水里的隐士。

这点，我信。它似乎看透了人间，很少登岸。犹如一个人，厌倦了尘世，需找一个地方，安存肉身。

一场新雨，便有一阵蛙声。

一阵脚步声，便会有一只青蛙，扑通一下，跃起，入水，水起波澜，水中涟漪，一层层荡开，很有层次感。

一个人，如果来乡下喝酒，有两个佳期，夏雨蛙鸣夜，冬雪红炉时。这是我理想中的人间。

茅屋，已死去，它只存在于诗里。

乡村，只有瓦房。

其实，在瓦房内喝酒，也是美的。听雨滴答滴答落在地上，然后远处是一片蛙鸣，犹如助兴的歌女的献唱。

你别说，这青蛙，和歌女还有些像，腿修长，歌声绕梁，只是脖子短了点，少了些性感。

听说，有人去终南山隐居，可是从来没听说过，谁去过我的家乡，寻找蛙鸣声。

夏夜，一个人睡去。突然，听见床下，传来一声声蛙鸣。我感觉纳闷，它们从哪里进入我的房间？

再也无睡意了，点灯。

这时候，想起一句古诗："有约不来过夜半，闲敲棋子落灯花。"

其实，深夜等待，并非等待具体的某一个人，而是等待一种情绪：无聊、落寞。它已成为文化里的一种通病，许多人，都受它影响。

青蛙，是益虫。可是吃者甚多。

宋高宗一纸禁令，全国各地又听见了蛙鸣。

但是许多偷奸取巧者，把冬瓜挖空，将蛙藏匿起来，借送冬瓜之名，解一口馋蛙肉的瘾。

如此看来，蛙声似在控诉着罪恶，人类多么诡诈。

你听，那一声高过一声的蛙鸣，多像一张一截高过一截的状纸，把人的恶，送到上帝面前。

槐花·麦饭

一个人，活在花事里。

春深处，总有一些人变着花样去折腾。他们折腾完了桃花，去折腾梨花，搞一些这个节那个节。其实，这哪里是喜欢自然啊？只不过是一种变相的炒作而已。

一群人，蜂拥而至，草木，不得安静。我喜欢一个人顺着山路，去听听风，去看看草木。探看一些花，是否活得安然。

我所居住的陕北，除了苹果花是大规模生产外，其他的花，都是小门小户地过日子。这好像在一个名曰春花的村子里，突然有几户人家，是异姓人，姓桃，姓杏，或姓梨。

或许，还有一种花，开在路上。是槐花。

一个人，顺着光阴，去看一眼原生态的槐花。花，很野。树，也很野。

在他乡走着，听见陕北的婆姨讨论槐花麦饭。只一句槐花，我的世界便沸腾了。槐花麦饭，只在陕西有，故乡没有。但这不是我关注的重点，我喜欢把槐花麦饭断开：一片槐花，覆盖了村庄；一顿麦饭，让整个村庄的炊烟开在天空里。

槐花，是一个分割符号，把我自己从此刻扯向彼刻。

槐树，是孤独的。它的邻居，是梧桐。梧桐落凤凰，这是一棵有贵族气质的树；而槐树，却是寒门。

在故乡，我们习惯于把这树叫作刺槐。有刺的树，是倔强的。看到这些树，我第一个想到的朝代，是魏晋。这槐树，有魏晋风骨，一身的硬气。它不取悦人，谁来此处，都是一身的刺。

春天无柴，是一段空白期，每一户人家的斧头都拿木头出气。我对于槐树的认识，是通过祖父遗留下来的一把斧头。那时，灶台前空了，需一堆柴火，我拿起斧头，朝着这刺槐就是一斧头。力道很大，但是树似乎只有一个豁口。

于是我知道了，在故乡，有两种树是硬骨头，一个是枣树，一个是槐树。它们是树的首领，在故乡，开辟了一个理想国。这两棵树，一个在春天，救命，一个在秋天，馋人。

一天，读到魏晋文人，忽然觉得，这两棵树，一个有嵇康的脾气，一个有阮籍的脾气。枣树，喜欢活在自己的世界里，应该像嵇康多一点；刺槐，骚情一点，花开得艳一点，喜欢招蜂引蝶，似乎像阮籍一样，喜欢邻家当垆的老板娘。

谷雨前后，家乡的槐花，似乎应该成海了。先是那种扁扁的花，淡黄色，很文雅，风一过，花就开了。风亲过的槐花，完全打开了，是泛白色那种，满树繁花。

喜欢一个人爬上树，躲过刺，大把大把地吃花，和陶潜一个嗜好。那甜，是淡淡的。有槐树的春天，是真的春天。

小脚的祖母，总是在树下颠颠地跑着。手里拿着箩筐，一朵一朵地择净，过水，上锅。

槐花饼，是一个人回乡的理由。一个人，命里有槐花，是一件多么幸福的事。这花，是一树文字，零碎，却满是乡村的味道。

母亲，是故乡最大的一棵树。根，深扎豫东，头顶开满了花，每一朵，都有或喜或悲的往事。

村人常说：村里的槐花，村外的麦。

麦子，是豫东最大的地主。它占有的土地最多，村里的人，都是它的长工和佃户。这时，春风得意，麦子饱满。其实，老人言青黄不接，多说的是这个时候。人饿，于是跑进麦田，腋下夹一捆麦子，或脱壳，或火烧，都是上品。

麦子煮熟，做成捻转，泼上蒜汁，很入口。这是豫东的麦饭，和锅里的槐花遥相呼应，共同组成了豫东的饮食风俗。

野草，在谷雨后都退场了，人们不再爱它们。说人喜新厌旧，似乎有点冤枉了他们。草，不能糊口，便从灶台上退出。其实，在故乡，灶台才是最大的秤，谁能过了灶台这关，谁就能坐稳江山，就是帝王。

灶台上，是槐花坐江山，再后来是麦子。

多想，一个人，和槐花对望。

看它，如何屏蔽掉一些俗世。兄弟阋墙，必有干戈。夜晚，似乎好些。空气里，闻不见贼气，但是第二天，鸡圈、羊圈，一片狼藉。槐花在高处，不说话。它目睹一个男人被夜晚吞没，然后，磨刀，杀生，一家人，围火解馋。

槐树，拼命地叫他们回头，但是他们听不懂草木的语言。槐树心善，多想对他们说一句：孩子，醒醒吧！一个人，被警察找上门，才开始知道害怕。他走时，回头看了一树槐花，此时槐花是那么刺眼，不知他是否读懂了命运的谶语?

不想去考证槐树的历史。我喜欢用温水般的语言，把乡村写透，给乡村一点颜面。毕竟，它还活着。

活在心里，活在远方。

在乡村的国家里，我、槐树以及麦子，都是它的臣民。只是，我衍生出的产品，叫乡愁；槐树和麦子，衍生出的产品，叫饮食，或者是舌头上的中原。

一个人，越走越远，往前趟一步，就不见了故乡。

夜　雨

夜深人静，雨打梧桐。

这雨，完全没有停下来的意思，似乎在推着世界不停地追赶。它追赶什么，尚不可知。也许，只有在雨中，人才能恢复人的模样，那些疲惫、那些涩苦、那些自大，都不见了。

一个人，走进雨中，犹如走进一座教堂，这些雨声，都像讲经声。身体顿时空了，雨声帮人类放下欲望，放下世俗的纷扰。夜里，行人很少，只有灯光在城市的身体内，照着一些浑浊。一个人，一辈子，心头需要落下一场雨，把一些琐碎的事物冲掉。

在一场雨里，竟然想起文雅的词：夜雨清流。一个“夜”字，多好啊！夜是一个人的后院，可以在里面看月、饮酒，也可以什么都不干。

这些年，一次次远游，实在太累了，不想再走了。于是把他乡当故乡，安居下来，顺便也爱上这里的山、这里的水、这里的人。

雨中的树，被夜色覆盖着。这里的蝉太少，远没有老家蝉鸣叫的气势，人倒也落个清静。

陕北多山，多树，也多鸟。许多说不出名字的鸟，呼啦啦飞过人头，我看鸟飞翔的姿态。有时，在夜里听雨，听着听着，感觉世界干净了，自己也干净了。我恼恨过夏，恨它的不解人意，恨它火热的脾气。许多人，宁愿在夏夜里赤裸着上身，甚至脚下的拖鞋，也不屑于穿了。

我想，如果穿上木屐，又会是怎样一番风味？一个人，在夜里，外边雨水清流，屋内木屐声清脆。我知道，这不可得。

在日常里，常看到一些疲惫的人，从工地上回来，脸上挂满微笑，只是汗水太多，脸多半被汗水洗花了。如今，这雨来得正好，他们可以安静地睡下，躺在床上想想老人和孩子。雨水，让这个世界保持另一种状态，把叶子冲洗得发亮，把人心冲洗一下，安静了，也干净了。

也许，在雨水所营造的凉意里，我看到另一个世界，看到一种对这个世界的反抗。许多人，喜欢在雨夜里，读读海子，读读顾城，把一种诗歌的情怀，装进夜的肚子。也许，在雨中的灯下，它会发芽，开花，结果。

俗世的浮躁，把人心搅乱了。一些人，虽不再受苦，可心却是空的。他们把内心深处的灯盏吹灭，让这个世界黑暗。可是这还不够，一些人，还拼命地往这空了的心里填充东西——攀比、排场、容颜。这些越来越多，内心太拥挤，有些人放不下了，便想到了死亡。

也许，物质的富有，并不能掩盖灵魂的黯淡。一个人的心里，欲望越多，就越如装满了石头和杂草，如果没有风吹来，这里多半是荒凉的。一个世界，如果想草长莺飞，必须有所割舍，砸破世俗的选择，多去听听雨，多去看看雪。

我知道，与冬天相比，夏天更值得尊重。它远没有冬天接近死亡。许多人，在夏夜里还能喝扎啤，吃烧烤，许多潜伏的脆弱，还没有出现。一个人，爱着夏天，爱着雨夜。

夏天的生命，似乎比任何时候都强烈些，都旺盛些。一些所谓的郁郁葱葱，都隐藏着线索。此刻，一朵花，来年，便是一点成熟的金黄。

在雨夜，一些所谓的痛苦，正一点点散了。我的头脑清醒，于我而言，万事万物皆有可取之处。圆荷静水，蜻蜓点水，也算一种幸福。万物生存各有不同，我辈没有理由陷于泥潭中。

前几天，一个孩子站在楼顶，用终结生命的方式告别世界。这仪式太沉重了。她站在那里，看不见她眼睛是否空了。也许，我们所谓的笑，与她看来都是一种枷锁。是啊，我们的笑，太假了，我们把生活推出了轨道，让孩子失去了应有的笑声。他们就像木偶，我们是提线人，一次次地让他们异化成机器；他们听雨，听不见雨的声音，听不见雨的情绪，只能听到一种微凉。

她能否不选择死亡？我不知道。

很多人，在巷头街道讨论她的死亡。她的死亡是否有重量？我也不知道。我所知道的是，人间烟火，都是与他人不相干的事情。我们脸上，都蒙着一张纸，让自己去涂画。有些人，画成了三月，草过脚面；有些人，画成了六月，夜雨清亮；有些人，画成了九月，谷粒金黄；有些人，画成了十二月，白雪素心。还有一些人，他们找不到自己的月份，只有守着悬崖，一个人危险地活着。

我从不说自己是个诗人，因为我知道，诗救不了别人，只能救自己。一个人，在诗里构建一个小镇，先建一座教堂，然后才是种花、植草，种一些可心的庄稼。有时候，小镇里需要选举，那么就让明月、夜雨当选民。它们不会死去，我也不会死去。许多年后，我还在文字里。

诗，解决不了生存，只能解决一个人如何活着的问题。我把一生献给三个向度：故乡、童年、彼岸。

一个人，在雨夜，或者在一本诗集里，会读到一个过去的自己。那时，只有春天。夜雨的本真，在雨声中。那些通透的情感，就会落在纸上。

一个人，再听听夜雨，似乎有些感动了，看到了一些光泽。

第二辑

光阴的渡口

乡 村 书

豫东平原，安静至极。

村西的人家已亮起灯光，一些身影闪入厨房，在柴火堆上抓起一把麦秸，用火柴点燃。灶膛里的火，先是细小的火苗，然后显现野心，一点点占领灶膛。一片火焰，是成熟的标志。有火焰，就有乡村的活路。

锅内的水，开始发出煮沸的响声，刘二媳妇慌忙地拿出暖壶，灌入一壶开水。这故事情节太熟悉了，一个主角，在生活的帷幕里出场。她催了三遍，才叫醒熟睡的孩子，孩子哼哼唧唧的，不想起床。她强行将孩子从被窝里拉出，然后吧嗒几口饭，一天的日子就这样开始了。

儿子上学走后，家里只剩她一个，收拾完灶台，将院子打扫干净，然后喂饱了鸡和猪，整个院子也就安静下来，鸡窝在墙角，猪躺在圈里。

几十年了，刘二媳妇还没看够豫东平原的土地，一个人跑到地里，顺着垄沟，将往事再捋一捋。

那些年，一遇到干旱，这地里的垄沟就有水流向土地。刚开始放水时，有一个孩子趴在沟边。这孩子，是她的儿子。他安静地看着水，一点点向前方奔跑，在干涸的地方，咕咕地冒出水泡。

风刮过的田野，似乎不太安静，一些孤独的沟边草，总是等待一个赏识它的事物。哪怕一只鸟，一把收割的镰刀，它都不惧，它害怕孤独，犹如人类害怕孤独一样，总是尽力折腾出一些动静才好。

在乡村里，只有三种事会被人记住：人的出生、嫁娶和死亡。

人的出生，意味着一个新的生命被某个符号紧紧地拽着。在平原上，人活着像一棵草，忽然间就大了。人，最经受不住岁月的推磨，太阳落下，太阳升起，一个人，慢慢就老了。

村子里，一个孩子过满月，很多人去道贺。刘二媳妇却不想去，她和这家人有些过节。当初她要二胎时，这家人仗些权力，硬生生地逼她把孩子流产掉，此后她对这家人再也没有过好脸色。

许多人站在田地里，突然觉得自己小了，或者觉得自己大了，都是一种错觉。人不过是日子的一个枝杈，走着走着就不见了。

田间地头的树，靠着大地，这是它唯一的靠山。它把一身的疲惫，一年年陷入地里。

村里还有一些废弃的大棚，像被人遗忘的历史，在田野里孤独地站着。这些黄土堆积的土墙，被风吹过，被雨淋过，一次次瘦身，最后只剩下时间的通牒，看上去随时都有可能倒塌，父母经常告诉孩子远离它们。但是它们竟然一天天熬到现在，身上的裂缝越来越大，里面竟然长出青草。生命不择土地，给它一寸之地，便会让这一寸地充满希望。

在土地上，该做的旅行，是一些细微的倾听：听听草木的呼吸，一年比一年滞重了；听听人的脚步，一年比一年慢了。

土地等待人，去寻找活命。活命的过程中，会遇到一些有趣的事物，譬如春天的繁花和秋天的落叶。

就是在这条路上，有抬棺者，有迷路者。一些乡村的事，总是让回忆刺痛。许多人坐在庄稼地里，想着那些年的棺木，谁的棺木笨重，一些力气小的被它压在下面，一辈子成为笑谈。乡村的深处，是活人的世界。一些迷路的人，不知道是从哪儿来，在田野里坐一会儿，看看麦田就走了。

我记得，就在这条路上，我偷偷地吃了一个红鸡蛋。这红鸡蛋是村西的，一个满月孩子的回礼，我喜欢它的颜色，顺便也喜欢上了它的味道。骨头里爱屋及乌的思想，不限于古人，我身上也有。

一个人，在乡下改变不了什么，唯一能改变的就是年轻。风和炊烟，都与年轻毫无瓜葛，但是似乎又不是那么回事。风会让皮肤粗糙，把皮肤吹成旧木头的模样；人在炊烟里，经常会忘记饥饿的威胁，一个人，没有了饥饿感，便会得过且过。

田野里，总是有些人没有主心骨，今年种小麦，明年种大蒜。人们最后发现，丰收的粮食被市场所调戏，麦贱伤农的事时常发生。但是除了这些庄稼，乡村还能种些什么呢?

在乡村，有一扇虚掩的门，是梦，现实中所受的委屈，都能在梦里消解。一些人，也会无端入梦，譬如死去多年的爷爷。

当心乱时，一个人站在乡村里，突然莫名地流泪，好像麦田、木柴，都是我的亲人。

在故乡，分明有一条路，等待我回家。野花，都怒放着；野草，是我喜欢的那种。

选择一个日子，与尘世诀别。

回到故乡，重新闻一次，庄稼的味道。

羞于启齿的岁月

在豫东平原，人和草木一样，会被岁月所压垮。看到路边的草，被北风折断，我仿佛看到我未来的宿命，仿佛看到我自己，被时间一点点倾轧，仅剩下消瘦的骨头和退化的器官。岁月是个奇怪的家伙，会赶着一个人，走向生命的荒凉芜杂。

那些年，我在乡下的电影院里，和长辈们一起抵达生命的意义，《世上只有妈妈好》，未放映已营造出非正常的哭声。村人说，去看时要带上手巾，以便擦泪。我只记得看影片时我没有哭，大人却哭得一塌糊涂，像借着一个崇高的借口宣泄。

在故乡那里，有我喜欢的味道，这味道其实通融着简单的活法，顺着日出日落，活在老子的小国寡民里。

有时候，把自己关进黑暗。乡村的灯，不会关照我，它囚禁所有的光源。此刻自己是如此单纯，沿着无数返乡的记忆，摧毁一些简单的句子和文字枷锁。

我的记忆如此单调，只剩下一场雪，淹没一个亲人的远走，看她躲在土地里，是否变成一种悲伤的存在。

我的荒谬，在于不敢打通一场雪和一个人的血脉关系。我反复推敲，只觉得人生还是一种麻木，让身体的每一个环节都承受着一场疼痛。不敢相信在白色的冬天，如此纯洁的乡村里，会有灰蒙蒙的人生。

说到故乡，我首先想起的，是我卑贱的平原。从不敢在记忆里添加幻觉，譬如浪漫的爱情，譬如这灯火通明的欲望。我只是新鲜的蔬菜，会被沉默所烹炒。

一个人，在远方的白纸上，堆砌长短不一的文字栅栏，里面有蚂蚁，搬动我光鲜的回忆。那些年，一个乡里小儿，躲在树下，用树枝阻挡它们前行的脚步，在一场耐力的比赛中，我成为孤独的失败者。

我喜欢木质的桌子，上面有母亲的针线箩筐。

院里的树上、墙上，都挂满玉米，像家谱上的一些文字，发出黄金般的光泽。我一冲动，把文字书写成一场旅行。

我时常想起故乡的鸟，譬如麻雀，它来到村庄的日月，多于我。它总是栖息于枝头，我断定它是乡村的原始居民，而非迁徙的候鸟，看它们淡然的心态，应和我一样。

孤独时，一个人，会在黑夜里，用一种方式，去揭开另一种自卑。我的房间，堆满了纸张，夜晚的风吹响集结号，所有的人生账本，一一翻开。我的生活，进行着一次灵魂还债。

我的回忆，不太安静，总是惦记一些食物。那些年，总是怀揣着三两个馍，在操场上盘坐，一校的学生，黑压压的，像落下来的乌鸦。天地间，很干净，只有吃饭的声音。如今，一种灼烧感，会从往事处蔓延。一个清晰而又陌生的世界，像一次梦境。

放学后，一群孩子，结伴同行，奔跑在乡间的路上。淡月，让夜晚害羞，月不能朗照的日子，漆黑的乡间总会有几盏灯，是黑夜的旗帜，为我们引路。

写起炊烟，便会想起母亲，便会想起一些饱满的回味。炊烟散入清晨的风里，一些稀薄的白，在故乡的空中摊开。

我们是一群喂不熟的人，我们时常仰望城市的悬崖，而漠视脚下的土地。我们习惯于大马路的矫情，以此遮蔽乡村草间的虫鸣。总觉得故乡太简单了，简单得我是如此落寞，可是当我进入到城市的游戏规则里，才发现栅栏如此之多，蜗居、求职、用酒交际。

我喜欢公路上的一切桥段，一段冒险的旅程，或者说永远在路上的感觉，才能让人忘记灰白的太空、灰暗的楼房。我不计算日子，也不想在某一个时段里陷落其中。

农历的年关，最像年关，这是周先生的文字。对于传统，许多人总是很在意，而我却在不断赶路，和家人短暂团聚，然后又飞走了。这些年，我经历最多的就是拉起行李箱，一个人在车站里，孤独地等待，等待时间搬运我们。

我们在远方的房间捕捉荒诞，一种私念，像故乡的灰斑鸠，一抖身子，就掉下来很多的羽毛。人类的羽毛太多，譬如名利、虚荣，最后会一片片落下，像秋天的落叶。

我的陈年旧事，像一湖清水。无法忘记那一年，在楼梯口，一个女孩，一脸正经地问我是否拉她入梦。我羞赧地红着脸，说不出话来。从此以后，人生轨迹上所谓的爱情，被高考淹没。

我辈像一茬待割的麦子，被生活放倒，最后竟然幸福接受它的欺压。我们被生活的手，捏合成春夏秋冬的宿命，最后的审判，交给时间。

我在回忆里，像一个刽子手，一次次砍下那些灰头土脸的时刻。第一次读《平凡的世界》，读出了一地的惭愧。我被城市的风，抽取了筋骨，只剩下一副皮囊，对着每一个人微笑。

一个人，想敞开自己，有时候觉得很难。一些欲念，强迫我们一手拿砖，一手拿着瓦刀。我知道它们想让我堆砌一堵墙，堵住一些通亮的窟窿。

在一些场合，看人举起酒杯，才觉得自己如此多余。一个人，在一堆人中间，看他们用酒解读人生，才觉得自己是如此孤独。和我一样孤独的，还有我乡下的父亲，他仍旧抽着劣质烟，喝着劣质酒，而我却不能为他做什么。我肩上扛着一座楼房，一座不接地气的楼房，像扛着一座人生的监狱。

有时候想想，也许只有下雪的时候，才有一些温暖。这温暖来自炉火，一种草木的余味。我喜欢这熟悉的感觉，把人生里的水分统统赶走。一个人，守住贫苦，守住淡然。

夜里，才能想起故乡，想起被忽略掉的温情。一个人，隐没于北方的城市，好像躲在自己的身体内，用一种自在的方式，去解码岁月的密码。

也许，对于我而言，岁月是一种灵魂叙事：对话、突围，在一场故乡的寒风里，浮躁凝固下来。

我等待，灵魂维系着一种孤独，犹如我维系着远方的陌生。

仰望村庄

一个人，在村庄面前是自卑的。村里人，都有把柄被村庄揣在手里，譬如撒谎的眼睛。因此，每一个人，在故乡面前都不敢托大，必须让身子矮下来，将姿态放低。

你可以高傲地面对现实，但是你的高傲，经受不住一个村庄的审视。我就不明白，人为何就害怕一个荒凉的村庄。远走多年以后，我终于解开了疑惑，在一个村子面前，不需要过多的言辞或说教，只需要一件旧风物，就能看见乡村炉火的跳跃，就能感受到乡村的温度。

门墩：乡村的凳子

在乡村，门墩极多，基本上每家的院门口，都会有一个门墩。其实门墩就是锯倒的树留下的根，为了烧火，很多人把树根刨出来，截面平平的正好当凳子。

那些年，村里人吃饭，很有野趣，端着海碗蹲在门口，碗的下面是菜，上面的馒头一字排开。许多人聚在一堆，说说笑笑，一些人说着说着就顶起牛来，脸红红的。但是他们从不记仇，下一顿饭，又安然如初。而城里人，鄙视这种原始的吃饭方式，他们身上教条主义成分居多，他们把饭桌与天地隔绝，吃饭待在家里，围在一起，成为一个孤独的细胞。

村人围在一起吃饭时，村里的狗，多半在人群里跑来跑去，有时候会用身子蹭自己的主人。有时这些狗刚从野地里回来，身上带有蒺藜狗子，你看，主人也被蹭得满身都是，惹得村里人哈哈大笑，有时会笑得岔了气。鸡子也会在饭场上，寻找掉下的米粒或馍渣。乡村是如此和谐，人与物，共居一处。

这些门墩，待在那里，风刮雨淋，像一个孤独的灵魂。城里人，把树根做成根雕，他们把一个孤独的树根，变成一个美的世界。然而乡村，只能把他们当作凳子，祖父常坐在门墩上，一个人静静地抽着旱烟，把一丝青烟送入高远的天空。再后来，变成了父亲，也是一样的姿态。再后来，我走了，离开了乡村，门墩成了念想，我怀念父亲夕阳下的守望。

在乡间，门墩换了一茬又一茬，人也是，一代把一代催老。

在某一个清晨，鸡啼在墙，狗吠在门后响起，村里传来了乡下手艺人的喊叫声："谁磨剪子？！磨刀嘞！"这些行走的手艺人，多半会在门墩上坐下，用干裂的手，磨出一把把锋利闪光的刀。有时候，坐在门墩上的，是拴簸箕的手艺人。总之，门墩上隐藏着一个乡村的世界。

难忘童年。一个少年放学回家，一把锁将他拒之门外，少年多半知道钥匙的安放处，那是一家人的秘密。

我就是那个少年，有时候，我拿出作业本，趴在门墩上写作业，看见蚂蚁、麻雀在那里，便会粗鲁地将它们赶走，独自霸占门墩。

木门：童年的回忆

在乡村，木门多呈黑色和红色。我也不知道，乡人为何钟情于这两种颜色。一进乡村，格局相似，颜色相似，分不清村里哪家是哪家，只有村里人，像熟悉土地一样熟悉村庄。

你看，木门的底部，多是两个石墩，石墩上有一个凹槽，木门转轴多坐落在石墩上。石墩高出地面，所以需要用一块结实的木板作为门下的挡板。这挡板多是可以活动的，有时候放学回家，门上有锁把门，我就会从门下的挡板处爬进院子里。

在冬天，风一起，整个木门被风吹动，一些风推开门进入，另外一些从门下的挡板处进入。总之，乡村的院子里，除了一院子的风，别无他物。

木门很笨拙，人们会忽视它，只有在年关时，它才会被人想起。人们卸下门板，放在平整处，然后回到院子里，将猪从猪圈里赶上来，然后一群人围着，捉住，把它绑了放在门板上。这时候，一头猪的命运，被一把刀主宰。

儿时的乡村，喂猪不是为了卖钱，而是为了解馋，辛苦了一年，是该好好犒劳一下自己。这些猪，从夏天就开始喂养，用粮食喂养的猪长得慢，一天天在猪圈里安逸地活着，总是一副清心寡欲的样子。

在鞭炮到来之前，木门慌了，自己是否也应该穿上新衣服？我知道木门在等我。我是村里的小先生，因在学校练过两天毛笔字，就应下写春联的任务。你看，在这一片土地，各家的门上都是我的手迹，有时候想想都感到高兴。

时间久了，木门上会长出蛀虫，一关门，那些虫洞里掉出白色的木粉。这时候，我喜欢一个人，用铁丝钩出虫洞里的虫子，然后看鸡子争抢。

父亲拿出一桶桐油，用刷子把桐油刷在木门上。从此之后，木门光滑了，再也没有蛀虫了，但是转轴的底部已腐烂掉，父亲一狠心换成了铁门。

我知道，乡村快完蛋了，一旦铁器掌握乡村，乡村的田园风光也就快沦陷了。你看，四轮车、三轮车、旋耕机，都把乡村带进现代的黑烟里，田园牧歌式的生活全面溃败。

箔：与植物有关的事物

在乡村，箔是贵人，哪一家都离不开它。你看，屋顶上、院子里都是。

女人在院子里缝被子，她们跪在箔上，一针一针地推进，箔却沉默不语，像苦难者。

为了织箔，村里人都会留出二分地，种上高粱，穗子捆扎起来做成扫帚，穗子下面的一截做成光滑的锅排，然后剩下的身子就织成了箔。

你看，高粱在乡村里，多像一个个美人，风一吹，都羞红脸，笑出声来。一些贪吃的人，会在高粱地种一些和高粱相似的植物，叫作甜到梢，味道像甘蔗，很甜。它外形和高粱难以区分，当然这只是我的判断，很多乡下人，一眼就能在高粱地认出甜到梢来。

这些高粱秆晒干后，还需要麻绳。麻是乡下的贫民。我最喜欢麻，一片麻在田野里，笔直的腰身让人艳羡。第一次学到“蓬生麻中，不扶而直”的句子时，一下子想起故乡的麻地，想起麻间蓬勃的野草。麻割后，需要在坑塘里沤上半月，水面是一片星星点点的浮萍，水下是一团笔直的麻。

我喜欢看父亲织箔，一根根高粱秆在手里跳跃。麻绳捆上砖，错落有致，父亲手不闲着，却忙而不乱，一会儿，一片带有光泽的箔就织成了。

这些箔，最亲近的伙伴当属棉花，一团白云或者说是一片雪山，在箔上安居。那个时候，我们在早上把雪山从屋子里搬出来，然后在黄昏下又把白云搬进屋内。如果下一场透雨，这些棉花往往会被雨浇个通透，再也没有光泽和柔软度了。

如今，这样的风物都消失了，只留下回忆的乡愁。德国浪漫诗人诺瓦利斯说过："哲学就是怀着一种乡愁的冲动到处去寻找家园。"我很喜欢这句话，在这句话里，我内心澄明，像被一片干净的湖水清洗过。

与乡村同在

一个人，睡在故乡里，故乡里的每一朵云、每一阵风，都是我的伴侣。我渴望在故乡的风物里，找到自己。

胶泥：隐藏童年

那时候，我还是少年，喜欢躲在坑塘里，看日落。一个人，最大的梦想，就是把云霞剪下来，挂在屋顶。

在云霞下，有一群少年，欢悦着。在村子西面的坑底，他们挖出胶泥。也许每一个豫东的少年，都玩过这种风物，它具有坚硬的质地，全身乌黑。这种泥土，有时光的痕迹，躲在泥土的深处。或者说，在坑塘的边缘，一层这样的泥土在黄土中间如此刺眼，像一个另类的孩子，胆怯地躲在岸边。

一些孩子细细把玩泥土，仿佛它们来自他们的内心。他们将胶泥摔打成正方形，从柳树上折一柳枝，抽出柳枝白色的筋骨。这柳木很光滑，放在嘴里，有甜甜的味道。他们没有耐心品味，飞快地用柳骨在胶泥上钻几个孔，然后胶泥就能吹出声音。

孩子们奔跑在乡间的小路，一个个神气地吹着哨子回家，一路上留下他们的声音。

第二天，孩子们的嘴全肿了起来，原来是这胶泥里含有毒素。孩子们恼恨这胶泥，但是又舍不得扔掉这哨子，于是便琢磨出一些方法，譬如在这长方形的周围涂一层桐油，这光滑的胶泥，再也伤害不了他们。

那个时候，我是一个孤独的孩子，不喜欢跟在一堆孩子后面吹哨子，而是一个人在傍晚的光里，用胶泥捏出不同的动物。我将捏好的动物偷偷地放进我家砖窑里，一出窑就能看见几个生动的猪和公鸡。我将烧制的动物偷偷地送给我喜欢的姑娘，作为爱情信物，可是几年后这姑娘进了城，再也没有回来过。我在故乡的坑塘里找到了我们的信物，它还是保持着当初的生动，可是我们之间，除了一段年轻的可笑往事，什么都消散了。

我能说出的，只是一个故事，它引领一个人，从一片坑塘里走出。我悲凉的往事，被扔在杂草丛生的平原上。

瓜类：人生自观

在河南老家，一些人的屋后总是有一堆粪。这些粪是庄稼的粮食，土地吃粪正如人吃饭一样，都是一个充饥的过程。也许在雨天后，淋透的一堆粪上会长出一棵西瓜的幼苗。从这个角度，我们可以推测主人的急性子，西瓜没细嚼几下就吞入腹中，这让我想起猪八戒吃人参果的窘相。就是这些没嚼碎的西瓜籽，成就了一棵葱郁的生命，它们在粪堆上悠然地长着，因为环境的卑贱，没人去动它。它在粪堆上开花结果，最后长成几个圆圆的西瓜，在粪堆上安居。

这种瓜，乡下人称为屙瓜，一个极具贬义色彩的词。它的起源是如此不堪，它所处的环境也是如此不堪。但是，屙瓜用一种求生欲向世界证明，只需要一滴雨水、一片泥土，它就会盘活一个世界。

在乡下，瓜果极多，因此这种屙瓜也很多。走进地里，看见一棵孤零零的瓜秧，多半是屙瓜。

其实在乡村，家家户户都会种上几棵瓜，为了给孩子解馋。乡村的瓜，品种甚多。我记得有一种白瓜，晶莹光滑，我们乡下人叫它白金刚。我不知道这白亮的瓜怎么和怒目的金刚连在一起。但是这种瓜确实伤害过一个智障的女孩，一些光棍用白金刚当幌子，夺去了她的贞洁，留下一个骚动的村庄。

这种瓜很甜，但是属于外来户。河南本地的瓜以窝儿歪和黑老包居多，黑老包是一种面瓜。

我记得祖母晚年时候，饭量不行了，什么都不想吃，就想吃一口瓜果。可是祖母的牙早就掉了，吃东西很费劲，这黑老包正好对她胃口，入口即化，吃得老人舒展了眉头。

在乡村，有一种微型的瓜，我们叫它马泡。也许这是一种被神惩罚的瓜，它永远也长不大，最大也不过像圣婴果一样。这微型的果，却一头长在我们的记忆里。那个时候，我一个人，对着一个马泡，能玩上一个上午。那时的我，对自然永远敞开心扉，如今我再也没有耐心，与一棵树、一棵草对视。

在河南老家，每到秋天，盛开如白云的棉田像一个银饰的殿。乡村为了不浪费土地，就在棉花田里套种玉米，玉米的根部有一棵缠绕而上的豆角秧，它将我的青春缠在里面。那些年，我总是磨磨叽叽地偷懒，就是等待西边的云彩散去，夜幕降临，那时候母亲一声令下，我就钻进玉米下摘豆角。这秋豆角是那种紫颜色的，下在锅里，满锅的紫色。

动物：吃中醒悟

雨后的豫东平原，最像豫东平原，叶子清亮，空气清新。

树叶上，会有一些昆虫爬行，我们叫它水牛。这种昆虫，一听名字就可推断是一个与水有关的生灵。

我对水牛，很熟识，虽是旧友，却并不了解它的家族，也不知道它是缘自何时，只知道这种昆虫雨后很多，好像一个爱干净的姑娘，只喜欢雨后的环境。水牛六条腿，爬起来笨拙的样子让人发笑，但是嘴上却有弯弯的钳子，如果不小心让它夹住肉，很是疼痛。

前不久，我日照的朋友在空间晒出这种水牛，还附加评语：“一年吃不上几次的野味。”我第一次知道这种昆虫还可以吃，其味如何，我不得而知。

说起与吃有关的豫东昆虫，大约不少：蝉蛹、青蛙、蝗虫。

其实我是亏欠它们的，到如今我都无法忘记我一双沾满血腥的手。那是盛夏的晚上，雨后的天很凉爽，我们一手拿着手电筒，另一只手拿着捕蛙的工具，在河滩上寻觅。一声声蛙鸣，打乱了夜的安静。我们是黑夜的杀手，杀死了蛙的悠然，杀死了黑夜的纯净。

回到家，锅已备好，只等剁下蛙腿。我们几个谁都不敢下手，说是干这事坏良心，可是又眼巴巴馋它的味道，于是一狠心，一个人剁十个，其他的放掉。我记得我们曾经的样子，每一次下刀，内心都战战兢兢，像经受着一种煎熬。

那是我第一次吃蛙肉，也是我第一次对故乡的蛙感到羞愧。

在故乡，蝗虫也被吃过，只是那时候我没出生，只听老人说起过。那些年，故乡干旱，蝗虫成灾，天空黑压压的一片，可以用蔽空遮日来形容。许多人用火烧它们，最终也没有挽留庄稼光秃的命运。只是这烧落的蝗虫，让饥饿的人记住了鲜美的味道。

也是那一次，许多人被蝗虫赶出了家园。人被昆虫赶走，也许这是不可思议的逻辑，但是家无余粮，日子也算没有活路了，一家老小搀扶着，顺着铁路一路向西，过潼关，入陕西。

在陕西，与河南有渊源的人太多，而今我也是其中一个，但是可喜的是，我身上还有泥土味，我还能分清蚂蚱和蝗虫的区别。

如今，我只有一支笔，来寻找故乡。与故乡同在，一直是我文字倾诉的源头。

故乡系列

方言里的月光——月门地

“月黑头，加阴天。”这一句，是故乡的土话，乌黑的夜，总是让人心生恐惧。这夜晚，好像一块布，蒙在人的眼睛上。为了缓解恐惧，需要月门地，打开黑暗的一扇门。

说起月门地，可能一些人一头雾水，但对于在豫东平原上浸泡长大的人来说，定能撕开语言的迷雾，直指事物的内核。月门地，是故乡方言，其实就是说头顶那轮皎洁的月亮。

月在天空，人在地上。一群孩子，奔跑在月光里。那时，豫东平原的庄稼已然从野外搬到村庄里，三五成垛，很是简约。孩子围着庄稼垛跑，有时调皮地钻入垛里。这村庄，太安静了，没有声音的夜晚，男孩子倏地一下子不见了，留下女孩子恐惧地哭泣。

有月门地的日子，总是令人难忘的。那时，月亮安静，人在院子里，各干各的活。这月门地，似乎最懂婉约，月光朦胧而清冷，像古典里的宋词。父亲掀开铡刀，母亲将玉米秸秆送到铡刀下，父亲一用力，就铡碎了一地的秸秆。这秸秆，是牛羊的粮食，入冬天长，这粮食必须走在日子前头。

祖母坐在床上，给我们讲嫦娥玉兔的故事，有时讲讲白蛇传，那时候老觉得法海着实无聊，不安心修炼，总盯着别人家的日子。对于妖啊之类，我不反感，这源自我月下听祖母讲的《聊斋》。总觉这本书特别，女妖都那么多情、干净。后来，长大了，想想也是，人和妖有何差异？差异只不过是躯体的那一张皮而已，人面黑心的凡人又何别于鬼怪。听着听着故事，就有了困意，这时，祖母的歌谣就会散在月光里："月门地，明晃晃，里面飞着净克螂[1]；小二郎，月下睡，醒来变成千金坠。"豫东的民谣，源自何处，我不得而知，只知道这民谣里有月门地，有昆虫，更有大人的期许，希望孩子胖起来。也许，在饥饿的乡村，没有什么比胖更宏大的理想了。

月下，萤火虫飞过，像提灯的人。萤火虫总是让人想起诗词的灵气，那一点萤火多半是鲜活的。

最好在雪夜，天上明月，地上白雪，万物都沉溺于这茫茫的白里。闭上眼，一片安静，唯有牛棚里传出那头瘦牛反刍的声音。乡村的静是城市缺失的。

其实，对于月，对于草木，我有自己的理解。我认为，世上一切高层次的境界，都能在草木里找到。譬如宋代有人写过"门前自有千江月，室内却无一点尘"，这境界多像陶潜的草木世界，"户庭无尘杂，虚室有余闲"，这追求的不是一个层次吗？也许，草木的世界被

［1］一种盖锅的工具。

我们忽略了。

月，总是能够突围俗世。我喜欢在月下读一本书，最好带点禅意。宋代慈受怀深，写出了太多有意境的诗句：“明窗高挂菩提月，净莲深栽浊世中”“万事无如退步人，孤云野鹤自由身。松风十里时来往，笑揖峰头月一轮”。这些文字能滋润我干涩的心灵。我是一个毫无野心的人，不求显达，只求平淡生活，这月门地的意境，正适合我心。

土地里的另类——土坷垃

在豫东平原，土坷垃随处可见。

土坷垃是一群抱团的泥土。它们喜欢在一起，活出傲骨。土坷垃在豫东平原是如此不和谐，它们总是让农人头疼。秋收以后，牛犁耙整，不过为了秋种地平，土坷垃总会带出一些早起的人影，他们举起锄头，敲打着土坷垃。

庄稼在田间熟透。父亲在地里，我在乡间的路上捉蚂蚱，一会儿，就滚了满身的泥土。乡下人不鄙视泥土，更不歧视带土味的孩子，鄙视他们的永远是城市。我记得那些年去城里看亲戚，走后他们会清洗我们用过的物件。在阳光下，这清洗的物件在风中飘扬。

人在地里干活，突然内急，就躲在地里就地解决，用土坷垃擦擦屁股，就扔到了地里。这土坷垃回归大地，远比现在的卫生纸要环保得多。据说，土坷垃里含有很多微量元素，能治痔疮，这丑陋的风俗，竟然是一剂良方，多少有点出人意料。

干活累了，就找一块土坷垃，垫在屁股下坐下，男人拿出纸烟，点上火，然后看烟散入天空。男人坐一起开始喷阔，你看，吐沫星子飘在空中，落在地上。

放学路上，孩子用土坷垃打仗，街上的那些土墙多半坑洼不平，那少去的，多半是被孩子抠去了，他们把它当作武器，留下受伤的土墙自我疗伤。这些孩子，打着打着，也就大了，有些人飘进城市，再也没有回来过，只剩下土墙上长满了荒草，孤独地坚守着村庄。

最讨厌下雨，鞋子上沾满了泥巴，沾得抬不起脚来，用力一扬脚，一团泥巴甩向远处，天晴后，这些泥巴就成了土坷垃。

土坷垃是有梦的。它梦想变成松软的泥土，躲避世俗的偏见；梦想着变成砖，变成瓦，变成瓷器。也许，这些东西在泥土里是属于“高大上”的。有些泥土却一扭身子，变成一堆坟，人心碎，土地寒。土坷垃梦想着某一天变成民间的泥版文字。

远走的人，可能在异地他乡水土不服，他们带走一块土，水土不服时，捏一点放在水里喝下，就心安了。我不去推测这风俗的科学性，只想爱着这土坷垃，爱着这乡间的泥土。

那些年，乡间流行送点心，用黄纸包上，用绳子捆好。送点心只是一种礼节，那时，人很饥饿，但是这好东西却舍不得吃，都留给长辈。儿女给自家送的，一转手又送给长辈。点心转来转去，有时又转了回来，打开一看，里面的点心不见了，只见几个土坷垃悠然地躺在里面，冒充点心。其实，乡下人都知道，这点心的源头一定是点心，只不过在转手的过程中，被黑心的人偷吃了；但是转念一想，即使不被别人偷吃，这一年内转来转去，也早就过期了。

一盒点心，可以看出一个乡村的世界。一些本分的人，一些狡黠的人性，这些，都是真实的乡村，无论你爱与不爱，它都如此入骨。

在夜晚，我躺在床上，会想起土坷垃。我想，中国人应该为它立传，但是知名的画并不多。我想起法国的米勒，这个人，总是让世界记住乡村。不知道在他的《拾穗者》里，那几个拾麦穗的农妇在弯腰的时候，是否会看见那土坷垃？米勒的《晚钟》里，有自足的乡村，还有灵魂的乡村，钟声一响起，一些人便真诚地祷告。我想，在中国，多半是做不到的，只有几个归隐的文人，能在草木间，灵魂显得高贵些，其他的人，多半只有肉体的存在，而不去关注灵魂的有无。在中国，只有一个思考灵魂的女人，她是祥林嫂，还是因为害怕被锯了身体，才把灵魂的事放在心里。

在乡村，土坷垃是往事的根系，喂饱了我的童年。如果，能回故乡几日，我愿意多花些时间，陪它温故往事。

远去的故乡

一个人，陷入僵局。

看着对面的街道，我仿佛看见一个陌生的人间。街道上，有流动的人群，黄叶在风里打转，都像世间短暂的肉身。我无法抗拒一个既定的事实，那就是这个冬天，切切实实地来了——万物蒙上白霜；枯草好像已然断了俗念，安定下来；风刮过，带有刀声，显得如此凄凉。

很多年前，我对故乡是亲近的，一直这样定义它：万物安好，有熟悉的味道。即使一些人在村庄里，住着破旧的房子，但是街道上是干净的，仍能看见一些人，坐在阳光下微笑。

也许，多年以后，我辈回不去了，只能在照片里，看着大地上那些消散的草木，那些即将散架的旧农具，心生悲凉。家乡那些风物，像一个枷锁，紧紧锁住了我。我被故乡的人或物，强行拉入回忆。

其实，我被故乡想念太久，而我对故乡却缺少一种冲动。我只是习惯于在雨夜或者是落寞的时候，才会想到故乡，才会想起我远方的亲人。我的亲人，是地里的那些庄稼，它们迎风怒放，将十万里黄河流域塞得满满当当。我的亲人，是脚下那片苦难的大地，它们承受着众生的撕咬，无论我们如何露出尖锐的牙齿，它们都沉默不语。土地上，除了长出生活的粮食，还长出乡愁。我的庄稼，安然地睡在土地里。试想，这是一个多么美好的回忆啊，我睡在村庄里，村庄睡在庄稼里。你看，四周的庄稼，犹如一个绿湖，我的村庄是绿湖里的一个孤岛，安静而富有生机。

我时刻在想，我的故乡，维系着怎样的苦楚啊。一个个乡人，像一个个叛逆的孩子，一转眼就不见了。我该对故乡忏悔的地方，也许是欠它一场光明。那些年，故乡太暗淡，只剩下煤油灯的灯光，在黑夜里跳跃。我怀念煤油灯的图景：一盏灯，灯下一个人，在写作业，这时候，一呼吸，鼻子里全是黑色的东西。但是我并没有理由拒绝它，我需要光明，正如城市需要灯火一样。没有灯火的城市，比我的乡下可怜，吃饭、喝水，都成问题。因此城市作为嫡长子，最先得到资源；乡村，只不过是一个被欺凌的私生子。夏天，温度越来越高，乡下人的悲剧在高温下铺展。城市可以尽情地挥霍，乡村却被阉割，断了光明。电断了，我们只能坐在院子里看星星。

我曾经是一个追风少年，此刻也是。我远离了故乡，像飞蛾一样，奔向繁华的城市，哪怕一个人蜷缩在冰冷的房子里，仍不知回头。年关，听到噼噼啪啪的鞭炮声，我才知道城市没有我图腾的源头，它只适合流浪，不适合我去回忆。我看不到一堆可以触动我内心的火焰在城市里燃烧。直到回到故乡那一刻，我心里突然顿悟，那贫穷的砖、贫穷的瓦，都连着我衰弱的神经，原来我的火炉在故乡，只是我醒悟得太晚。

故乡的图景，留在记忆里的不多。我只记得村东的那片荷塘，荷花盛开，胖大的叶子形成一次次视觉的盛宴。我无意此等雅事，只想着莲子的吃法。

每次回河南老家，碰到熟悉的人，都会突然觉得如此陌生。不知什么时候，他们鬓角多了白发，一头白发犹如岁月迷宫，吸引着我去破解一些隐藏的秘密，顺便我也去破解他们生活的不易。无意得到一些乡亲简史：某年某月某日，村里谁老了；某年某月某日，村里谁家的媳妇离开了村庄。我在母亲的唠叨中，也顺便把村庄融入我的血液，一些陌生的细节顿时鲜活起来。

在故乡，人们对“死亡”一词很避讳，说一个人死亡，通常说“老去”。我知道，善良的人们对于“死亡”一词，刻意进行淡化；一个“老”字，看出人与自然之和谐，有一种逍遥平淡的意味。我不知道“老”字是否和古代的喜寿有关，总之“老”字在乡村里是很受待见的。

一个老人进城，离不开土地，更离不开庄稼，他们在城市里总是不得要领地活着，时常活出洋相——一个乡下人，走着走着就不辨方向迷路了，最后全家人分头寻找，甚至报了警。一个人在城里，没了庄稼便心里惶恐，一看到落日，就念叨着故乡，这是故乡真实的灵魂。

人们和土地，总有着宿命般的联系。他们常常说故乡的土地是有味道的，而城市里的土地已经死亡了。城市的土地只会张着嘴吸钱，直到人只剩下光秃秃的日子，才觉得是如此清贫。

有时候，我感到羞耻，河南作为土地大省，土地荒芜太多。作为文明的碎片，土地还是土地，不会消失，消失的是村庄。一个村庄接一个村庄陷落，看不见年轻人愿意回乡，我想，这个社会多半病了。起码是在乡村，人类开始看不起土地。这是多么可悲的时代啊！

在归乡的路上，妻子在车上熟睡，我暗笑她的没心没肺。其实想想，那是我的故乡，而非她的，故乡只是强加给她了一个标签符号而已。“河南媳妇”，只是一个文字的组合，此刻的她与故乡如此陌生。我看见一车的人，他们是农民工，手看起来很干裂，衣服很久没洗过，但是我知道，在故乡的某个角落里，一定有许多等待他们的眼睛——是年迈的母亲，是善良的妻子，抑或是需要关爱的孩子，在等待他们回家。他们太累了，几乎从坐上车的那一刻起，他们就进入了梦里。我从他们的呼吸里，听出了幸福和满足，我觉得世界亏欠他们一个足够软和的床、一个充分的睡眠理由。

说起“活着”，我常觉得这是一个大词。活着没有境界之分，只有态度之分。一个人认真了，这个世界就认真了；一个人在态度里迷失，便会被压在石头下。我常常觉得，每一个人内心，都有一只神秘的口袋，里面储存的善恶相等，只不过一些人遇到坎时，拿出的东西不一样而已。

这么多年，我与故乡缺一种对话，那是一种人与事物之间的暗语。我从没有像欣赏母亲那样欣赏过一棵树，也没有欣赏过一朵花、一株草。我拿来对待它们的，只是内心深处的一种快意的切割，将它们视为草木，将它们排除在院外，让它们与我的亲人分居篱笆的两边。

篱笆的这一边，是亲人的影子，他们盘踞在一片庄稼之内，用两臂抖落凡尘的经文，留下的都是美好的，譬如温饱和幸福；篱笆的那一边，是另一个世界，草木喂养思维，喂养光阴。我知道，只有在草木面前，我才能活出人的尊严，这是多么可悲。

想起以前，我在故乡走黑路，突然一辆车从前面缓缓驶来。我在车灯的亮光里，突然找到童年的影子。车过后，世界突然黑暗下来，我依靠乡野思维的惯性行走，脚下是一片发亮的路，是鞋子磨平的童年。

原来，故乡并没有离开我，它一直隐藏在我的心里，只不过是我，记不得这乡下的亲人罢了。

起风了，在远方的寒冬里，我便觉出自己的灰暗来。我想不起故乡白茫茫的大雪，想不起寒风中母亲的红围巾，只剩下光秃秃的记忆，像落叶的树，在天地间简单起来。

一个人，在他乡，突然老了。

同我老去的，还有一个远去的背影。

火　焰

把村庄当成一个人的忆旧之地，或者当成一个虚拟的容器。我也说不太清楚，为何念它。我只知道，“故乡”一词，于我大有意义。

一个人，踩着春天的门楣回到故乡。只是，村里人走得差不多了，一进村，了无生趣，唯有几只狗胡乱叫着，示意这是它的地盘。

我先拜了山门，用一块琉璃砖头驱赶走外强中干的狗。它受到惊吓后，一头跑进安静的巷道里，叫了几声就安静了，叫声犹如湖面的水花，消于沉寂。

我走在村里的土路上，仿佛走在某种神秘里。故乡于我，如此熟悉而陌生，是默契也是暗合。

街道空无一人。

黄昏时分，人归家。最先认出我的，是隔壁的大牛。那天，他正背着一捆干柴，叶子已无多余，只剩下黑皮的秸秆。我知道，年久经雨雪的柴火多半会变成李逵的家族，黑不说，还一身的毛病。

他身上的衣服，已被这捆柴火浸染成了黑色，这是乡村的杰作。在豫东平原上，一顿饭，就会让一两个烧火的男人双手变得灰黑。

他看见我，依旧热情，同时伸出手来，那用意很明白，想同我握手。我有些不知所措，怕他的黑手弄脏了我的白手，行动有些迟缓，居然慢了半拍。他尴尬地站在那里，似乎脸有些红了。

我突然恶心自己，一个叛逃的人，却一下子变得可恶起来。

大牛是个好人，这是我心里最真实的想法，但是我这迟缓的动作，让我觉得自己是个自私的人，我伤害了他。

我在薄春里，干了件傻事。一个人，回到春暖花开的故乡，却仍不耐烦地把自己推向村庄之外。

故乡，已变得模糊。

那条街，曾经是村庄的心脏。一村的庄稼都从这里运出，然后去了哪里，谁也说不清楚。

我只清楚地记得，村东的老王把一辈子卖庄稼的钱送给了医院。他害怕医院的机器声，它们每一次张嘴就吃掉一亩地的粮食。在医院里，他似乎觉得自己健壮如牛，可是这机器吐出来的铅字却隐藏着恶疾。村里的新农村合作医疗补偿的部分，已然赶不上药价上涨的速度。一些人，在医院里，对社会绝望，蜷缩，发冷。村里的青年也浮躁了，不再听老辈人的说教，一股脑地将钱送给洗浴中心的姑娘，这些水灵灵的姑娘多招人喜欢。可是，她们吃钱的速度也不慢，一亩地的玉米，瞬间被她们的红唇和摇摆的肉身吃掉。

乡村，本自简单。生时，一床棉被；死时，一身寿衣。别的，谁也带不走，都留给了乡村。

梨花开放不久，大牛就死了。

听到这，我内心如针刺般难受。也许，是我的虚荣让他萌生了自卑，一个人郁闷而死。其实，大牛的死，在村子里没引起太大的反响，他走的那天，一穴、一棺木，外加几个吹鼓手而已。许多人围在院墙外，伸长脖子，看热闹。

大牛，按照辈分还应该是我的本家哥哥。他实诚，热心，谁家有个红白喜事，都能看到他的身影。可是他的葬礼上，来的人寥寥无几。我知道，在乡村，始终有一把算盘盘在人的头上，大牛无钱无势，唯有一身笨力气，这些不足以让人高看。

在故乡，笨力气是最廉价的，如同市场上那一些咸鱼。

与他形成鲜明对比的是对门的村主任家。前几年，村主任母亲死的时候，全村的男女老少都去灵前烧了纸，那个热闹，在村里是独一份。

不久，大牛被人遗忘了，似乎消失干净了。一个汉子，就这样不见了。

我一直很懊悔，也许，如果那天我对大牛好一点，大牛就不会死去了！此后的几天，我一直躲在老宅里，忏悔。

直到有一天，我在东边的地里遇到了了了，了了是大牛的妻子。说起了了，我有一点苦楚，她是我暗恋的姑娘。此时的她，脸上毫无光泽，已堕落成一具草木。她的眼睛大而无光，仿若一只山羊，被人赶进生活的圈里。她抬头看人的时候不多，走路总是低着头，似乎唯有如此，才感到一点安全。

和她相遇的时候，她正带着一群孩子，在地里劳作。

我是一个不速之客，我异乡人的身份让她感觉有点慌乱。

在她的身后，一连串的孩子，都是姑娘，大小不一，但是都手脚麻利。我知道，凭这群姑娘，了了在她的婆家多半是没地位的。她的婆婆是个赤脚医生，懂一点医术，总是强迫她吃一些中药，想生个男孩。罪没少受，带把的没见一个。

其实，她原本有一次翻身的机会，那是她第三个孩子，是个可爱的男孩。只是出生后第七天，孩子感冒了。本来用车送到镇医院，也没什么大事，可是她婆婆按照乡村的老规矩，不让送，说坐车有风，孩子不能见风，非得让了了的丈夫拉着架子车去镇上。跑到镇上时，孩子已没了气息。

以后，婆婆又带她和孩子去了巫师那里，巫师翻开眼，看了看散了的瞳孔，便无奈地摇摇头。

以后，了了如同散了架一般，做事情总是无精打采，有时候烧着锅，心不在了，等到打开锅盖，锅早就干了，红彤彤的一片。

婆婆过来就是一阵骂。

一个人，如果心没了，骂也是白搭。她一如既往地没有精神。

也许，在村东头的那棵白杨树上，仍有一行醒目潦草的字迹，“了了，我爱你”。如今这字已深入树骨，可是当初那如桃花般绽放的姑娘，如今居然变成这般，慵懒的身子、空洞的目光。

其实，了了的婆婆本质也不坏，只是婆婆的架子大了些。她，被架在古代的宗法上，下不来。以前看电影，坏人的脸，不是长得难看，就是脸上多个痦子，可是在了了婆婆的脸上没有这些标签，她一脸白净，显得富态。

也许，那传统影视多半是骗人的，真实的乡村，好人坏人是难以辨识的。

此后，我家那一条街上，又有几家人搬走了。他们走时，只带走了一片尘土。

这条街道上，总是有一点点遗憾或者说是伤痛。他们的庭院或者是房子最先衰败。是他们的房屋最先让一个村庄荒凉。一条街道，从一个地方开始，一点点被时光打败。这庭院里，最初是草木横长，之后是这几家人的故事悬浮。据说，他们这几家在沈阳有了钱，再也不回草儿垛了。这些人的名字也渐渐被人遗忘，好像，这个村庄没有存在过他们的气息一样。

听说，村里丈量土地了，也许，这土地种不长了。父亲总是一脸茫然的样子。“种了一辈子，忽然不让种了。”他喃喃地说。

也许，唯有村主任一家高兴一些，他见人仍然温和，只是这温和里有些看不见的东西，像一团火，飘过村庄。

村主任和城里的人一起，在我村搞一个农业生态园，名字很美，但是地里似乎每年都歉收。只是他们从不发愁，他们本就没靠这些庄稼挣钱，他们看重的是这些土地的补助，即使颗粒无收，也能从政府拿一大笔补助。政府补助产业化生产，这好事让世俗的风带坏了。

每次回到故乡，我便觉得村庄犹如一个陷阱，将传统都埋到里面。只是这现代化衍生的产品太可怕了！

我知道，在村庄里，很多人是愤怒的。他们把火焰种在土地上，春风一吹，这火焰掩盖了村庄。

村主任的儿子搞一个乡村储蓄，村庄的钱汇聚到这里。只是他们太贪心了，把村里所有的钱放了高利贷，给了一个开发商。据说这商人赔了钱，人跑了，再也找不到了。村里人堵上门，却无可奈何。

一个小伙，急着取钱给媳妇送彩礼，钱没了，媳妇就这样黄了。小伙最后发了疯，每天游荡在草儿垛的夜里。在故乡，十里八村的人都知道，有个夜游的小伙红着眼。

那天，月亮升得很高，风也较为温和，应该是一个祥和的日子。但是一声呐喊穿越天空，穿越黑暗。这明月下，一把锋利的斧头，在人体上开了花。

村主任的儿子死了。葬礼似乎也过于沉闷。他死后的一年，妻子就去了郑州打工，从此杳无音信，剩下两个孩子，仍在年关之际，围着孤坟，哭着，烧着纸，仿若两只无枝可栖的鸟雀。

村庄变了，草儿垛的蓝天下，似乎都隐藏着愤怒的火焰。

也许，是该走了，这故乡，风变了！

离 乡 记

人的命，被很多事物纠缠着。故乡，被贫穷占领。远走，似乎成为命里的一道符，或者说是一具枷锁，永远背在心上。

西安

我被一张录取通知书带走，一个人，从中原出发，一路向西。

火车，似乎是一个吃人的家伙，它把所有的人、物都塞进去，把一个人的善良、懦弱和奸诈塞进去，把一切美与丑、善与恶都塞进去。在火车里，那些相互交织的方言，把火车硬是勾勒成一个浓缩的人间。

对面的女人掀起衣服，肆无忌惮地给孩子喂奶，那硕大的乳房真闪人眼。也许，文明的净化，仍未将生理的荷尔蒙挤走。对于一些与女性有关的部位，人们的心思仍然存在着分歧，是美，或者是诱惑，也似乎说不清楚。但当事关母亲的角色，就不一样了，似乎一些阴暗的偏见，不能在雪白的乳房上存活。

火车，奔驰的火车，似乎是人类的马，它将人马不停蹄地运来，又运走，然后消失在另一个地方。

西安，比我想象得要现代一点。酒吧、商场、红灯区，一切都与古老无关。现代感的招摇，是一个城市的底色，那闹市里的沸腾声像一个城市的标本。推销药的、推销鞋的、街边小吃，把西安填得满满，我在犹豫，这西安是否能容下像我这样的一株麦子。

我时常把自己定义为一株麦子，有泥土味，有锋芒，似乎随时准备着与这个城市决裂，然后归乡。

从河南到西安，仿若一部漫长的史书，把草的脾气、风的脾气、星星的脾气，都赶跑了。在城市里，没人在意与庄稼关联紧密的农历。

我一直把西安定位成大一点的村庄。潜意识里，我一直寻找它原始的一面：安逸、宁静。也许，对于乡村而言，悠闲是它的本质。我一直虚化西安的灯火。

求学的这四年时间，我活在寻找中。生活的本相，也许不仅限于刺激，还有一些被时间落下的和善。一些人在日暮下，下棋，唠嗑，还有一些妇女散入菜市场。这些混合的境遇，增加着市井的厚度。

城墙、茶馆，似乎没有卷入现代的欲望里，它们仍固守一些所谓的古老，静静地存在，把自己走向一种陌生。对西安，我的总体印象是“一半是火焰，一半是海水”。

在西安，我似乎有一个饥饿的胃，永远填不饱。一个人抛弃脸面、自尊，在学校对面的饭店里谋一份工作，为了减轻对父母的亏欠，我每天惊恐地活着。

馒头、咸菜，是一个人三年来最好的朋友。和它们在一起，我是如此自在。一个人，走到饭店，就露出他的自卑来，面对菜谱，满眼陌生，即使是一种常见的菜，这名字也不像故人。在服务员的逼视里，才突然意识到一个人身上的泥土味，怎么清洗都洗不掉。

我一个人，躲在考研的幻影里麻痹自己。同学，三五成群。我看他们周末远游，去翠华山、终南山，一个个在山顶，像一朵朵桃花。

我按了按拮据的口袋，唯有“考研”一词是一个崇高的躲避的借口。没想到，最后自己被自己的谎言逼上梁山，只好硬着头皮背水一战。

学校西面，是一个村子，名字叫侯家湾，村子中间有一个轱辘广场。那是一个残留着农业文明的地方，石磨、石轱辘、石墩子。在西安，竟然有一片地方有故乡的感觉。四年后，我与西安诀别，毫无留恋，唯有面对它时，落了泪。

锦州

在锦州，你不得不面对着历史的久远。一个被炮火轰开的城市，总有一些失了脸面的感觉，它的街道有些灰暗，包括火车站，很破旧。

听同窗说，在东北，有两个死人堆积的城市，一个是锦州，另一个是四平。都是人海战术，一个个前仆后继。战斗的惨烈，让一个国家蒙羞。

一个城市被几条河穿肠而过，是不是很幸运？三山一水三分田，锦州倒也安逸，一歪脖子，就是一腔澄清的流水。一个人，竟然对远方的城市沉迷。这个城市，有一些事物让我想起中原，譬如这城内的洛阳路。见“洛阳”二字，便想起河南的草木，河南的根系。一个人，总是如此矛盾，在尚未离开故土时，总想着诗和远方，而一旦到了远方，又开始想念故乡的庄稼。

我在锦州，薄情寡义地活着，草木也是。在锦州，草木被修理得失去了颜面，它无法保持一种自在的姿态，时常被人剪了翠绿的头发。一座城市，陷入现代的泥淖里，早已背离了泥土的方向。似乎只有冬季，那满街的大白菜，还在验证它似乎还未泯灭一些记忆。

夜深了，城市的味道是荷尔蒙的味道，和全中国的其他城市一样。灯火、欲望，总是让人无法抗拒。

学校里，不知谁开辟了一片庄稼地，里面长有玉米、红薯和毛豆。一到夜晚，脑子里满是这块地。和华晨一起，在深夜里偷几把毛豆，扒几块红薯，放在宿舍一煮，就闻见故乡的味道。

这到底让我想起了故乡：在土地上，那些慢腾腾啃草的牛；不避讳交媾的狗；一只鸡突然拉下一堆冒着热气的粪便，把乡村带入日常的野蛮里。

在锦州，我一直听风唱歌。这里一年刮两次风，一次刮半年。冬天的风，属于陆地，来自西北，有异族的情调，猛烈些，似乎总想撕开人的衣服。夏天的风，属于海洋，来自西南，它温柔些，凉凉地缠在人的身上。

一个人，出东门，往南一拐，就能看见女儿河。日暮，来到这里，就会爱上摇摆的木桥，爱上葱郁的野草，爱上芦苇和一片未知名字的鸟群。河挺宽，河水明净，像一张素颜的纸。

我的宿舍，很简陋。春天来了，掐朵山桃花，放在瓶子里。夏天到了，就放几把草，也算圈养了生命。秋天，南山的野果正盛，摘一把，放在桌子上。一个人，在宿舍无聊地坐着，什么都不想，把杂念都关在门外，爱情、思想，统统都不要了，怀抱一室的自我。

学校西门似乎很热闹，烤冷面的、蒸饺的，还有小鸡炖蘑菇，都是东北特色小吃。东北的吃法很霸气，一根小葱或者生菜，沾着蒜蓉酱就吃了起来，没有掩饰。从吃相中窥人，可知东北人的本性：直率些。

锦州烧烤很强大，似乎没有什么不能烤的食物。走了这么多地方，唯有锦州的烧烤让我吃得不重样儿，其他的，都是虚有其名。

一个人，喜欢去古塔公园，那里有辽代古塔，实心。塔比人安静，不吃不喝，不赌不嫖，没一点毛病，与天地同在。游人不多，倒也落个清静。

三年来，我对锦州唯一的印象就是删繁就简，把一些多余的俗套去掉，仅保留着一些快乐。

洛川

洛川的春天，来得有些慢。

当草睡醒时，一抖身子，一地毛茸茸的脑袋，有尖的，有圆的。它们或盘踞在黄土上，或安于山崖。

草一醒，菜篮子也醒了，草铲也醒了。一个人，开始与自然亲近，开始与草木对话。

嗜好野菜的人，便会在春暖花开之际，挎一竹篮，或提一兜子，睁大眼，寻找一种叫作白蒿的植物。说起白蒿，甚觉惭愧，我一直把它误认为家乡麦田里的米米蒿，只是觉得这野菜有些怪异，全身泛着白。

这植物很简单。文人在《诗经》里遇见过，“采蘩祁祁”里的蘩，说的就是白蒿。

不知道古人是否也吃它，但是我辈吃。洗净，热水焯后，凉拌而食。白玉盘、青翠菜，也算般配，最好左右再放一两个窝窝，玉米面，金黄色的那种。陋桌、简凳，甚是乡村。或者，吃腻了，便换种吃法，用面蒸拌，上笼，出锅，放料，浇上蒜汁，味甚美。

在远方，一个人遇见野菜，是故乡的那种，便如见故人。

也许，荠菜是我的故人。它青春，年少，适合招摇过市。一场风，它就绿了南山，绿了秦家寨。

看到荠菜，便想到两篇文章，名字都叫“故乡的野菜”。一篇是周作人的，写得淡淡，有恋乡气息；另一篇是汪曾祺的，写饮食，文字闲适。在他们的文中，荠菜是绝对的主角。荠菜，故乡也有。因此可以看出，荠菜是一种会说很多种方言的野菜。

“城中桃李愁风雨，春在溪头荠菜花。”荠菜覆盖了洛川，是否它的美味也会覆盖这里，不知道，这里不吃馄饨。饺子，似乎荠菜馅的也甚少。

古人爱吃荠菜，甚至有瘾。苏轼曾来到麦田求荠菜，不信，你读“时绕麦田求荠菜，强为僧舍煮山羹”。荠菜粥，是居士的最爱。陆游也爱，“日日思归饱蕨薇，春来荠美忽忘归”，这位大文人居然馋野菜了，把有荠菜的地方误当成故园，不思归了。

尽管荠菜味美，但不如归去。这里不是我的故乡。前几天，我发文，在简介中写了这样一句话：客居洛川。一下子引起讨论。朋友说洛川给我工作，给我生活，怎么还说客居呢?

我顿时想起老乡杜甫来，他在四川也有工作，也有几间茅舍，但是他还是没把成都当作故乡，一心归去。他和我一样，都是客居异地的草木，是一株麦子，或者是一棵荠菜。

有娘喊的地方，有方言缠绕的地方，才是故乡。我一直在洛川的方言上不得要领，有时试图说上一句，很是蹩脚。也许，一个人需要入乡随俗，不挑剔，怀抱一地的荠菜。

范仲淹，来过延安府，也许最了解陕北荠菜的本性。“陶家翁内，腌成碧绿青黄。措入口中，嚼生宫商角徵。”这陕北的腌菜，现在也有，似乎泡白菜居多。荠菜腌制，似乎应该是另一番口味，只是没缘遇见。

“宋，范仲淹，少与友人在长白山僧舍修学，惟煮粟米二升作粥，一器盛之，经宿遂凝，刀割为四块。早晚取二块，断荠菜十数茎于盂，暖而啖之。如此者三年，后登进士，为兵部尚书，谥文正公。”多神奇的荠菜粥啊，居然和功名有关。

在故乡，有一种荠菜，叶面有些涩，故乡叫它涩荠，乳名水萝卜棵。到这时候，我才知道荠菜有光滑和毛涩之分。原来，诗人们一直怀念的，是光滑的荠菜。而我最为中意的，是涩荠菜，它学名叫马康草。这草，越大越粗糙，但是更有嚼头，花小，开四瓣，粉紫色。

乡下人，对于草是钟爱的，就像女人钟情于服饰，男人钟情于酒。

一个人，在洛川邂逅了荠菜，突然觉得有趣起来。

一些书，关乎童年

此时，是农历三月，或者是阳历四月。

中原，一定草木深深，桃李芬芳。一阵风，或许就刮乱了北方的麦田。

三月的天，是如此争气。它蓝得可爱，蓝得纯净，仿若一片海水，泼在天上。这么干净的天，在故乡打败了雾霾滋生的瓦灰色。

三月的阳光，干净通透。一个人，在阳光下，可以晒太阳，可以吃太阳。友人笑我的“吃”字太俗，且有些荒诞，他哪里知道，这一个“吃”字，是一种干净的思维。北方的蓝，干净的阳光，可以闻，可以吃，可以沐浴。

三月，阳光温暖，似乎适合晒陈谷。

但是母亲的三月，是忙的。她将我的书，搬出屋子，摊在院子里，让它们尽情地呼吸着阳光。其实，这些书对我而言毫无价值，我几次说要处理掉，但都被母亲制止了，没想到，三十多年下来，居然堆积了满满三箱子。

这些书，有从小学到大学的课本，还有当年躲在被窝里偷看的武侠小说。凡是我读过的书，母亲皆视为宝贝。后来，我再也说不出处理的话来，我知道，这些书，成了母亲的坚守。我与三月的母亲，已形成了默契。

在空闲时，偶尔翻开小学的课本，看到上面的字体，歪歪扭扭，仿佛看到一个熟悉的陌生人。曾经的字，与我现在的字相比，差别甚远。

有时候，翻着翻着，会翻出一行细小的字来。那是一个少年懵懂的青春，或者说是一个少年干净的爱情。“悠悠，我爱你”，说实话，此刻的我已经想不起那个叫悠悠的女孩长什么模样，但是，我想当初的我面对她时，一定有些魂不守舍，或者说心神不定了。

在书本里，有一座命运的岛屿。

我，被带到了城市；她，也许过早地出嫁了，或者被带进城市。只是此后再无交集。

无意间，翻到《悯农》一课，在“锄禾日当午，汗滴禾下土”的诗句旁边，有一幅画，是我当年的大作。母亲握着镰刀，在麦田里割麦。我把母亲画得很丑，是因为那年母亲嫌我太懒，狠狠揍了我一顿的缘故。那时的我总是待在阴凉处不动，也不去麦地里拾麦穗。唯一欣慰的是，我在母亲的头顶，没有画上一丝白发。可如今的母亲，头发白多黑少。母亲的苍老，似乎也就是近三年的事情，三年之间，一下子老了很多。

怎么能够不老呢？作为她最小的孩子，我已过了而立之年，已娶妻生子，浪荡了半生。

其实，看到书，便会想起太多的往事。那些年，课本领到手，第一件事便是包书皮。在乡村，包书皮，多用旧报纸。我家是贫困户，自然订不起报纸，在我村里，能订起报纸的人家，非村干部和村西的一个教书先生不可。去干部家，感觉不自在，当然不乐意去；自然而然，我目光盯住了教书先生。

我在他家的门口，等到暮色降临。他从地里回来，看到我，便问我来干什么，越是问得急，我越是面红地说不出话来。他从家里拿出几张报纸，我飞似的逃掉了。从他的举动，我知道，在他家门口，像我一样木讷的少年，肯定不止我一个。

包书皮，似乎我是门外汉，总是包得不美观。姐姐嘲笑我，说我像一个乡村三流的泥水匠人，干不了细活。

灯光下，姐姐为我重新包书皮。这些陈旧的课本里，包含着怎样一种纯朴的伟大啊！

在书里，有一些插图，通篇黑白色，有些单调。

我们深入田野，摘一朵野花，或者溜进村头的一片麻地，摘几朵黄花，把它们揉碎，用它们的汁来涂染这些插图。“两个黄鹂鸣翠柳”，那两只黄鹂鸟，被我涂得黄黄一片，也许这是我最早的写意画。

这些书，打通了我童年乡村的旧事。

当初的那一片麻地，总在某些夜晚，有一两个青年钻进去。

我梦里出现的那一个女孩，就在这片麻地里，和本村的另一个男孩约会。

后来，他俩结了婚。这女孩虽然温和，毫无毛病，但是总是被她的婆婆挑剔，被骂得难听。她，不敢说话，只能暗自流泪。

每次和她相遇，我都能看到她哭红的眼睛。我无力改变一些东西，包括她的宿命。后来，在村里的坑塘里，她轻了生，被人发现时，已是一片白花花浮肿的尸体。

所有这些情节，都是由书本衍生而出。书本里，除了长出草木，还长出一片丰盈的灵魂。

有时，翻开书，会发现一些缺失的页码。那些纸张，多半是被我叠了纸飞机。它飞往哪里，我不得而知，或许早已腐烂，或者落在屋内的梁上。

这些书里，藏着一个村庄的秘史。

书里，有一个人，是我。至今，我仍无法定位自己。说自己是城里人，总觉得自己的身上，有一段长满庄稼的人生；说自己是乡下人，自己与村里的人，似乎有些话不投机。每次回乡，他们表面上很亲热，但是骨子里带出的冷漠，让我觉得可怕。这不是我的村庄。

在这些书里，我找到了自己的身份，自己确确实实是一个乡下人。

母亲固守的这些书，是我一生全部的记忆。一个人，从童年开始，把自己写进纸里，这是多么大的史书啊！或许，我的史书，于人类进步毫无用处，但至少对于一个在世俗的夹缝里苟延残喘的人，是如此重要。

我在一本书里，会碰到童年的羞愧。一群孩子，在乡下的世界里，偷瓜摘桃，那些汁液会浸湿书包，里面的书也早已湿透。

如今，翻来这书，看到这些痕迹，便觉得童年的味道，是如此鲜活。

一本书，是一把村庄的钥匙。

如今的村庄，已看不见八十年代的模样。通过一本书，我想起哪里有一片瓜园，哪里有一片桃林。一个人，或者一个乡村的童年，早已死去，但是，在一本书里，一个人，还活得安好。

在一个人的童年，有许多被植物命名的人，譬如牛莲髡、姜片。这些人，在书本里，活成了一副骨架。

三月，阳光干净。

三月的阳光，召唤着一本书，也开始召唤一个人丢失的根系。这么多年，母亲养成了晒书的习惯，我却养成了忆当年的习惯。

收 麦 记

一阵风，麦子就黄了。

这黄，不明亮，是一种土黄色，暗淡，无光。这无边的宫殿，让我吃惊，遍布北方的黄袍，有贵族范式。

麦穗低头思考，那些一向贫困潦倒的人，一下子面对着这么多丰腴的粮食，有点不知所措，竟然懵了。

多么不可思议啊！在这里，土地，吃进阳光的亮，却吐出光的暗色。

夜里，父亲磨镰。

去年的那儿把镰刀，仍挂在南墙下，没人过问，已显得锈迹斑斑。其中有一把是我的，仍旧有我的气息。镰把儿风刮雨淋，有些腐烂，用手一碰，木屑落了一地。

父亲不舍得淘汰它们，乡村坚守着修修补补又一年的古训。父亲用铁丝加固了一下，镰刀的寿命，又得以延长。这镰刀，仍旧锋利，像晚年廉颇，还有英雄气。

父亲，嘴里噙满水，对着镰刀猛喷一口——那情景，让我觉得神秘——然后，拿出磨刀石、镰刀，洒上水，蹲在地上，不急不缓地磨刀，聆听镰刀的呼吸和思想。

夜里，父亲用手去试探镰刀的锋芒。也许，在乡下，男人都会这一手绝活，用手放在刀刃上，轻轻地拨动，凭感觉就知道，镰刀的寒气有几分。

这个夜里，空气里，弥漫着浓浓的铁锈气息和寒光。铁，闻到了麦香味，眼就亮了，要和这几千亩麦子，掰一掰手腕。

天未亮，母亲就做好饭。

父亲把我们从被窝里拎出来，像驱赶牲口似的，赶进麦地。

镰刀，是一座纪念碑。它身上的豁口，记载着命运的河流。那些年，弓腰屈膝的祖父，是麦田的王者，领着儿孙们，在麦田里游弋，如今他已不在了。

在五月，天地如一，黄金满地。

一个“割”字前行。一把具有英雄主义情结的镰刀，像极了梁山好汉，一出手，就是一片倒下的头颅。只是，这头颅是虚幻的，并非人类，而是麦子饱满的身体。

也许在遥远的古代，这里很风雅，收割中也会隐藏着抒情的民谣。白天收割，夜晚歌唱。

几年前，我邻地的云叔，儿女都出息了，像一片片云飘进城市，麦忙时，也照常回来帮工，可是都已不见当初的样子，一个个帽子盖脸，有些娇气。割麦，是个体力活，不欺人。有些人，一出镰，就露了怯意。

他们一上午，只割了一趟，就蔫了。可是他们五十多岁的父亲，在麦田里，红光满面，一点点前行。

在五月，我分明看见他衣服上浸泡的盐渍，是白白的图案。一股腥味，在空气里弥漫，这就是五月。

远处，隐于麦浪的人，只剩下一个个动作。也许，许多采风的画家所展示的力量与美，总比现实肤浅一些。他们在画里，刻意寻找美的角度，而忽视美的厚度。

干累了，就停下来。抓一株麦穗，放手里，揉碎，吹去皮屑，放嘴里吃着。小时候，我们时常把这麦子当口香糖用，有时还试着吹泡泡。

累了，便会寻找借口，一会儿去喝水，一会儿去换镰刀。父亲看出我的心思，一声令下，我就跑了。当然不可能回家，就一个人跑到大路上，去捡麦子。

我们时常跟在车子后面，掉一个，捡一个，后来干脆趁人家不注意，掏一把麦子，然后狡猾地跑来。

有时候，我们也觉得难堪，不知道是否该捡麦子。一车麦子，走着走着，就翻车了，麦穗散了一地。这时候，我们吓傻了。翻车的背后，总会有一串不停息的争吵，男女主人，都拿出最擅长的骂法，去恶心对方。

夜晚，是安静的。

不安静的，唯有人心。

清晨，一阵风刮来，说村东头柱子家的麦子被贼偷了。昨晚，干到天黑柱子才割完这麦，没来得及拉走，一夜就不见了。

后来，男人吃过饭，便去看麦。

父亲躺在麦秸上，吸烟。

也许，唯有夜晚，才是一个人最安静的时刻，他可以忘记白天的累。我不知道，父亲想什么，而我想到的，是天上这些明亮的星星，真美啊！

那些年，我家地多劳力少，总是落在人后。我舅家的麦子割完后，总是来我家帮忙，割麦，打麦。

也许，乡土气息的麦子里，有一些来自亲情的温暖。

在乡下，一些公办教师，他们具有两种身份，一边教书，一边耕田。也许，在中国，最接近田园的人，是这些乡下教师。

布谷叫时，麦子黄时，学校就放假了。麦收是大事，也许是比学生教育更大的事情。那时候，谁也不说是非，教师回家收麦，孩子也回家帮工。

记得在那时，有一个年轻的乡村教师，给我们这些思想贫瘠的学生读海子的诗，不知不觉，我便觉得麦田里，有了不一样的味道。

月光，落在麦田里。

月光，也落在乡下的瓷碗里。

只是后来，麦子不见了。

农民轻视了麦子，改种大蒜。此后，麦田的诗意，便不见了。

麦 黄 记

麦黄时，吹来一阵风。

这风，似是自然之风，它吹熟了村庄外围的麦田。这风，又好似记忆之风，它唤醒了我内心深处，每一个与麦黄有关的细节。

那些年，天色尚早，仍灰蒙蒙的。

村庄的狗，还在狗窝里熟睡，人已经散入麦田，抢收了一垄麦。

露水太重了，父亲的裤腿已经湿透了。露水贴着腿，冰凉。我心疼父亲的老寒腿，但是麦收耽误不得，他上了发条似的，硬撑着。

父亲干活是出了名的快。他像一阵风，忽一下子就割了半截地。小时候，我割一垄，父亲割三垄，我仍被甩在后面。我割着割着，发现自己的麦子只剩下一垄，窃喜，我知道是父亲帮我，一鼓劲，撵上父亲。父亲看我上来了，就又给我留出三垄，我又被落下。父亲又帮我。就这样，在反复的追赶中，我累得腰酸背痛。只经历了一个上午，我就被麦子打败了。

那时候，我害怕五月，害怕劳作，逃离麦田，成为我内心的声音。

反观父亲，面对麦黄，一脸微笑。在我的生命中，似乎从来没听到父亲说过累，即使累了，他也只是蹲在田间，掏出一支烟，点火，细细地品味。那时的香烟，不带过滤嘴，我记得是几分钱一盒的拂手或武功。一根烟过后，父亲又是精神百倍。

也许，文人吟诵风雪的较多，关注麦黄火焰的较少。我只记得白居易在田间待过，其他的诗人也来过，不说一句话，就转身走了。

文人，在麦黄的面前，也会洋相辈出。他们手里的笔，能装饰一片田园，但是却无法自如地去应对一片麦黄的锋芒，去应对太阳毒辣的炙烤。

在五月，我们犹如一条鱼，裸露在阳光下，身上被热气环绕，燎泡满身，可依然如故。

抢收，是五月的主题。

麦田之下，不见人。人，都是符号，是一个个弯腰屈膝、低头割麦的符号。

张三、李四、王二麻子，都不见了，他们在麦田，消失了一些饱满的个性，譬如李四的温和、张三的刻薄。此刻只剩下雷同的面目：弯腰、低头，像一尊被岁月雕刻的石雕。

隔壁的邻居，是村里唯一的文化人。早年，他一个人开私塾，新中国成立后，成为小学校长。

他是村里唯一一个穿长衫的人。

他的长衫，是一种标示。人们对此充满尊敬。那时的乡村，文盲居多，一个人有点文化，便是乡村的重心。这家办红事，需要对联，请他；那家白事，也需请他。

可是，他面对着麦黄的虚火，手抓，出镰，放倒。一抬头，村人早已甩他半埂地了。

他害怕五月，麦田里的目光，有太多的内容。那些尊敬的光环，逐渐消隐，只剩下寒铁似的冷。

后来，他走了，离开了乡村。

他去了哪里？没人知道，村庄也便这么过着，没人能记得他，只有红白事时，才想起他的好来。

也许，喜欢麦黄虚火的人，多半是和乡村有关的人。

白天，把人逼向热气。

人，犹如活在鏊子里。

麦黄的虚火、月光，似乎很难连在一起，但是在我七岁那年，它们切切实实地绑在一起。

那年，我七岁。

麦黄，待割。母亲却生病了，住进了开封淮河医院。父亲像一个担夫，一头挑着开封的母亲，一头挑着家里的麦田。

白天，十来岁的姐姐，像个大人一样，在麦田上挥汗如雨。儿时的布谷声，是那么动听，可是那时候，觉得布谷声声，是那么讨厌。

我们多么希望，母亲早点回来。

更糟糕的是，我们淌着一身热汗，回到家，打开院门，看到一地狼藉。我家院子里晾晒的大蒜，被人偷走了。

那时，庭院里有三个孩子放声大哭的声音。我痛恨这地方，痛恨这个狠心的贼，怎么下得去手呢？偷一个苦难的家庭，这人多半是良心坏掉了。

一天夜里，月光明亮，门外的敲门声，一声比一声急。打开门，是父亲，他满头灰尘，已看不出原来的样子。我们不敢问，他也不说，就这样，一直沉默着。

吃罢饭，父亲夹着一把镰刀，出去了。我缠着要去，父亲不得已，带着我。那时的图景，一直存在脑海里：前面是消瘦的父亲，后面是天真的儿子。那天夜里，父亲借着月光，硬是放倒了三亩地的麦子。

什么时候睡着的，我已经记不起，我只知道那夜里，我做了一个梦，梦里的父亲一直弯腰，直立，再弯腰，再直立。整个人，犹如木偶。

也许，一个人，再也回不到童年，也许一个人，从来没有从童年里走出来过。

母亲康愈了。

我却在麦田里，被麦黄覆盖。一个人，在五月，一镰刀，一镰刀，把日子割掉，把人心磨亮了。

五年后，又是一季麦黄时。

布谷声仍在叫，外婆却在麦黄的火焰中走了。她平静地睡下，此刻所有的亲人，全在麦田里割麦子。

她，竟以这样的形式告别，四儿三女，全不在身边。后来，很多亲人都哭着忏悔，说好好的，怎么说走就走了呢?

我知道，一个事件的突然来临，犹如突然刮过一阵风，或者飘过一片云一样，具有很大的不确定性。

每次说起麦黄，我都很难受。

难受什么呢？我似乎也说不清楚。是亲人的苦难吗？好像也不是。

我梦里出现的人，全都是面目模糊的人，一会儿变成了张三，一会儿变成了李四。这变换不定的人，让我觉得，故乡，没有确切所指了。

故乡，麦黄之际，只剩下几声布谷，还在麦田里游荡。镰刀，归库。麦收时，该回家割麦了，只剩下几句轻飘飘的呼唤。

麦黄，虚火仍是虚火。

只是，手工时代已结束。大机器时代的来临，把人的一些回忆，一股脑塞进冰冷的齿轮里。它，吐着黑烟，绞杀了童年。

一个鲜活的时代，就这样消散了。

一个人的根系

中原记

一个人，是有根的。

中原，如果被比喻成一片菜园子，那么，父亲是菜园子里那个勤劳的耕种者。

他用豫东的风俗为我们保墒。直到现在，我还无法理解，父亲一辈子固守中原的勇气源自何处？

中原，是父亲一个人的图腾。

他在庄稼里穿越，像永不疲倦的夸父。他流汗，他吃苦。他一个人，在生活的夹缝里，喂养三个叛逃的孩子。姐姐去了山东，我去了陕西，留下他，在回忆着我们的童年。

星子，是一个坐标，他定位着父亲起床的时间。父亲是旧式农民，他信仰鸡鸣和星子胜于时钟。

一个人远走他乡，总是用故乡去丈量一个地方的好坏。我在小城里，总是逃避别人不敬的言辞。河南、中原，总遭遇一些贬低。

故乡，是一个人的参照物，它映照着远方的现实。我、父亲，都是上面的一个刻度。

乡村的外部，总是透着荒凉。

一个人，总是背着一个概念行走，无论如何努力，我都扔不下它，我的背景，是黄河冲洗过的土地。

在我的意念里，我把故乡当成一个精神的王朝。我推举父亲为王，我供奉他，我朝拜他。

其实，现实生活中的父亲，远非如此高贵，他胆怯而木讷。他没有出过中原，他面临新事物，总是一脸茫然。我羞于提起他，害怕别人嘲笑我。我总是将他埋在记忆里。

只能在夜深时，偷着想他。我有一个土气的尾巴，或者说，我有一个贫瘠的故乡，那里安放土气和自卑。

一个人，经营文字，就像经营灵魂的栖息地。鲁迅的鲁镇、莫言的高密，都是私密的花园。我虽卑微，但我也想构建一座黄金的宫殿，里面有父亲高贵的灵魂。

父亲不善言谈，但烟瘾大。烟在乡村，是一个梯子，总会爬到乡村的生活里。与烟相遇，便是与父亲相遇的最好途径。我试着抽烟，终于小有所成，但父亲看到后，却戒了烟。我知道，我这一行为，让他丢掉了三十多年的烟龄。我有些惭愧，也在父亲的世界里，断了抽烟的念头。

父亲一辈子去过最远的地方，就是陕西，那是来给我订婚。我不知道胆小的父亲，是否在异地会有些紧张，但是父亲站在人群里，是那么另类。他瘦小的身子，刺疼了我。父亲老了，老到轻飘如叶。

父亲，唯一的爱好，就是对着一片庄稼聊天。和人说话，总是危险的。一些人，无事可干，便寻找乐子，善意的、恶意的，都有，木讷老实的父亲，总是成为他们的目标。

父亲，便觉得庄稼比人和善，比人淳朴。它们吃的都是干净的事物，吃风，吃雨，吃土地，也能吃下父亲那一肚子的唠叨——无非是儿女走得远了，咋就那么狠心呢，说着说着，泪就流了下来。

每次和父亲外出，他都让我看着行李，自己一个人买票，一个人买饭。他提着热的饭菜，满头大汗地小跑着奔向我。我们蹲在地上，我吃着城市高价的温暖，他却吃着从家里带来的馒头，干硬。我劝他吃热的，他说他喜欢干的馒头，有嚼头。这骗局漏洞百出，我却不知怎样去应对。

进城记

高考失利，预示着我的人生开始进入另一条死胡同。父亲一咬牙，进城。在城市，我所拥有的，只有一床被子，一个蛇皮袋子。

我和父亲，在城市的光鲜里，是如此寒碜。我穿上最好的衣服，也觉得如此不自信。头不敢高抬，怕目光烫伤我。

我们蜷缩在工地里，像一只只蚯蚓。只是这蚯蚓被贴上标签，四川的、河南的、山东的。

我们是看见星星最早的人，城市里的星光，也是我们所独有的。我们在搅拌机的声音里，打开城市的门。

一个人，在星子里，会怀念故乡，直到现在，我每看到星光，总是觉得像父亲的眼盯着我。

我害怕热，害怕被阳光的毒烫伤，那一身的燎泡，是我留给这个城市唯一的记号。一想到城市，我就想起，那红红的太阳，像一炉火，烤着我。

父亲，在夜晚，抱着廉价酒，在城市的陌生里，一口口喝掉时间。

工地吃饭，也需要抢，慢一步，只剩下饭底。抢饭是一门技术活，工地的大锅里，掌勺的人，一抖手，就是一碗清淡寡水的汤。

我也不知道父亲哪来的本事，总是能在众多的人里，抢到满满的一碗干货。父亲总是将他的一碗给我，然后一声不响地喝掉我的汤水。

后来我才知道，是父亲用一包黄金叶换来的恩惠。我觉得，人生如此悲凉，为了一碗饭而丧失尊严。

夜晚，城市的大排档是适合我们的地方。那些廉价的饭菜，让我们认清自己的定位，一个乡下人，在城市里，是如此低下。

一群年轻人，多半在下班后喝酒，有些醉酒的后生，多半经受不住城市文明的考验。年轻人，生理危机了，他们和这一片按摩房里的女人混得火热。父亲紧紧地看着我，生怕我和他们鬼混，被他们带坏。我无意对这些女人不敬，而是我们这些卑微的流汗者，和她们一样，是金钱大棒的附属物。

有一次，我在外面喝酒，喝到子夜，父亲忽然出现在酒馆的门前。原来，父亲一条街一条街找来。这是一个多么庞大的工程，他犹如一只蚂蚁，在城市的空间里，慢慢地蠕动。

当看到我的那一瞬间，他长出一口气。在这个城市里，我亏欠父亲一夜慌乱的脚步。那个夜晚，我们走在这大街上，人很少，出租车也很少。我们在归来的路上，大声地唱歌。这个城市，只有此刻属于我。我们慢慢地走着，走完一条条街道，如同走完了城市文明的一生。

年底，我们一次次在城乡奔波。过年的钱，被工头扣在手里。

我们群聚在工地上，无非是想闹出些动静来，以此恐吓工头。哪里知道，他们对于我们的套路，司空见惯，躲起来，不见人。

我们发誓见了他，要暴打一顿，但是见了面，工头几句可怜话，我们又木讷地不知道说什么好。就这样，一拖三年。

一个工业文明，在拖欠中彻底失去信誉。我在欺骗的谎言里，彻底绝望。

返乡记

暑假将近，母亲在电话里，压低声音说，你父亲住院了，快回。尽管母亲故作平静，但是我能感觉到她的世界正在倾塌。

我从洛川，一路到西安，然后又坐高铁回到郑州，然后又连夜回到故乡。

一天时间，我从一个客居的地方，到达另一个地方。路上，我经历着太多的人。火车上，各种方言交织在一起，他们都有一个终点，只是此刻的肉身，都寄存在火车里。在这些迁移的肉体里，我无法破解一些方言的密码，一些人胆怯地通话，一些人，胆怯地回乡。

当我回到故乡小城，在医院里，我看到瘦小的父亲，目光有些恐惧。他说，医生三天不让他吃饭，他说他饿了。我偷着给他买了份稀饭，只允许他喝几口。看父亲欣慰的笑脸，犹如一个满足的孩子似的，这时，我才觉得，父亲比我想象得要弱小。

医院里，到处是迁徙的人，出院、进院，一些家属，包括我，躲在角落里，呼吸着医院的浊气。

在医院里，我才能看清父亲。父亲表面强大，却在机器面前露出原形。那一串串仪式化的病例，让我吃惊，父亲，短短几年，身体已退化到如此地步。

父亲的胃，毁于那一年。在工地上，他总是省钱，吃凉馍，喝冷水。一个冬天，父亲吃馒头就咸菜，但是，又扛着凌晨的星子，和夜晚的灯光。

我还记得，那首诗，是属于我的，也是属于父亲的。

当你老了

一个人的前二十年，吃着大锅饭
贫穷和冷。
将人生，种在一亩三分地上
长出爱情和三间土房子。

东边的一间，埋藏着一个人
半生的气息。

耕地、种田，像奴隶一样
交出属于他的契约。

我的前半部分，和他的暗影
重叠。
如今，头发如苇草雪白
最硬的那一根，也惧怕变故。

一个人，等待着：平淡与尚好
心里的刺，越来越短，
仅剩的那一截
被孤独覆盖。

我一直叫他：父亲
三十三年了，每一次发音，都感觉
我还是个孩子。

看到医院，我感觉如此隔阂。看别人游刃有余地奔走，我们为一个床位，在医院里一天天等待。在城市里，我没有人脉，不能了解捷径的乐趣。

对于我们农民而言，进城无非两件事：看病和打工。看病，是慢慢抽干我们的麦子、玉米和棉花；打工，也好不到哪里去，是慢慢抽干我们的健康和青春。

我时常觉得，自己是故乡的过客，是庄稼的过客。谁是谁的主人，好像也说不清楚了。

我想回乡，守着父母，但是幼儿尚小，需要我照顾。我觉得自己身上有根扁担，一头是父亲，一头是儿子，只是自己有私心，总是让扁担一再倾斜，让父亲受到冷落。

父亲，确实老了。我从千里之外回来，看到父亲，那一双青筋尽显的手，早已干枯无比。父亲的脸，让我想起罗中立的油画《父亲》，那青铜色的光，是生活敷衍的颜色。

其实，我也有自己的苦衷。参加工作三年，买房结婚，一块石头悬在头上。我不敢对父亲说这些，每次回乡，都装作风光无比。其实，我也是远方小城里的一只蚂蚁。

我缓慢地攀爬，嘴里还拉着食物。

父亲，一点点缩小。他只有九十斤了，这是多么可怕的数字啊！他人生开始成为等差数列，时间、健康。

父亲，请原谅我的自私，我会在年关，早点回家，用一把筷子、一串鞭炮，敲开故乡的门。

父亲，请安静地坐着，等待我敲门的声音。

干旱记

六月，故乡大旱。

乡人，笑声停滞了，家乡人被六十三年一见的干旱笼罩着。玉米的叶子泛黄，干巴地卷起，一点火，就能生烟。

豫东平原上的男人，每天守在土地里。望着受难的庄稼，像拷问苦难。老人们守在家里的佛像前，祈求一场透雨，然而一天又一天地过去，玉米的叶子卷得更加厉害，雨水还没有要下的迹象，乡亲们的脸一天又一天地阴着。

土地，难以忍受这不见雨点的日子，也张开大口喘息着。

大地，满是龟裂的口子，是向人类述说着目前的困境？还是谴责这事理不明的佛像？我也被今年的大旱弄得心神不宁。

每次给父亲打电话，总是从干旱的玉米谈起，然后电话那头，传达出来的是父母在田间一次又一次的奔波。他们必须凌晨两三点就起来占井，然后将水泵安好，天不亮就开始了浇灌，由于土地很饥渴，流水也在田间走不动，每一寸土地必须吃饱喝足才肯放流水前行。

那些日子我放心不下地里的玉米，几乎天天和父亲通话，每一次通话都能听见父亲沉重的叹息声，我知道这一声叹息，代表了豫东平原上所有庄稼人的心声，他们和父亲一样纠结。

父亲说，这是第四次给庄稼浇水，这次浇的水，不知道能不能安然撑到庄稼成熟。我也不知道怎样安慰父亲，唯一能做的就是在遥远的地方为家乡默默地祈祷。

那天，夜里十二点，我刚睡下，电话就响了起来，一看是父亲的电话，我慌忙接起。电话那边父亲的声音有些颤抖，我心想父亲这是怎么了？“小，家里下雨了，你听这拍打窗户的雨声！”

我听见一阵急促的雨声，我想此刻的父亲，定是将电话静静地放在窗户上，让电话另一端的我倾听雨水拍打窗户的声响。我听到豫东平原落雨了，心里便乐开了花。

那天父亲的话特别多，我记得是父亲话说得最多的一次。往常的他，只是在电话那头静静地听，等我把话说完了，就嗯一声挂了。然而此刻的我们，在雨水的滂沱中开始了交流，我们的心突然开了，亮了。电话那头的父亲兴奋得像一个孩子。我暗自揣摩，是什么样的事情，才能让一个六十多岁的老人，这么兴奋？是雨水，这干旱之后救命的雨水。

玉米，是豫东平原上，一片站立的生灵，它们经历了一次次死亡的折磨，然而此刻却坚韧地活着。

此刻，他们应该已经黄了皮肤，玉米棒子上的胡须应该由黄变黑了，玉米黄色的外衣下那种黄色的玉米粒，应该长满了棒子的最前端。

河南，这个多难之地，经受住了灾年。庄稼人在日夜关注下，能再一次听到夏夜暴雨的声音，是多么可喜啊！

这个夏天，唯一留给我们的，可能就是这场难得一见的干旱，除此之外，我还见证了父亲那执着的内心，这是一种精神，包含着苦难与欣喜的体验。

此刻，在异地的我，仿佛看到秋天农家小院里，那黄澄澄丰收的图景；我仿佛看到了冬季白雪下，一家人躲在炉火旁，将玉米剥成粒，然后装进囤里；我仿佛看到，豫东平原被一片烟花爆竹修饰过的新年。

逃亡：三天半

第一天：狂奔

午后，一阵风刮过村庄。这风，从县城刮来，迅速在各个村子里扩散。是什么时候刮到我们村庄的，我不知道，当我知道这风时，村庄已空，只剩下老人和村庄同在。

这风，并非自然之风，是一则让人恐惧的消息。杞县储存大蒜的冷库里，一种叫钴-60的化学物质泄露了，这消息，像风一样，在村庄上空飘荡。

二大娘愁眉苦脸的样子，犹如一片暗云，遮住了她一生的光彩。她阴暗的脸，满是恐惧，那种恐惧漫过生活的平静。二大娘一辈子长在村庄里，她对于钴-60一无所知，也许，她至死也弄不明白钴-60和一片白菜叶子的区别。但是此刻的她却陷入钴-60辐射的海洋里。她在谣传的危害中，像一个木偶，被一种神秘的力量所牵引，走向未知和绝望中。

同她一样绝望的，还有一个我。我虽然出过远门，见识过世面，但此刻，恐惧占据了我的大脑，无论我如何努力，脑子里都搜索不到“钴-60”的真身，只能从隔壁的二大娘那里得到一种近似于灾难的消息：白血病、绝育。

村庄，沸腾了。

二狗对着天，骂了声：“狗东西钴-60！”这诅咒的语言，包含着怎样的一种无奈和愤恨啊！二狗吐了一口痰说：“我的孩子，才六岁啊，要是受了钴-60的影响，不能传宗接代了，该如何去面对列祖列宗啊！”

此刻，我和村里的人不谋而合，脑中闪出两个字：逃亡。后来，我才知道，这逃亡是整个杞县城的主调，东西南北，四个方位，满是逃亡的机动车：三轮、摩托和八零车。一个个人，像一只只蚂蚁，在公路上蠕动。

这突突的机器声，隐藏着一种逃亡的悲情，人类为了躲祸，抛弃了村庄，抛弃了老人，他们携家带口，一起在逃亡的路上。

土地不要了，庭院也不要了。

我们一行七人，开始向东逃亡，并和向西逃亡的姐夫时刻保持着联系。他在电话里说，去郑州的机动车冲向了高速路，交警也控制不住场面了。

是啊，草民本性，面对死亡，他们心里就一个念想：活着。

当一种秩序同传统的伦理发生冲突的时候，人多半会失去理智。秩序是失败的一方，人民的冲动，是可怕的，他们对活着，哪怕是苟活，也表现出一种舍我其谁的豪迈。

车上，一共七人，二奶、三大娘，还有两个和我一样的青年，剩下的是孩子。我们在逃亡的路上，目光呆滞，像一片被秋天操纵的叶子，被这风刮向哪里，我们一片茫然。我们只知道，远离辐射源一百六十公里以外，才是安全的。

逃！逃！逃！

我们在逃亡的路上。

车走了多久，不知道；这里与杞县多远，不知道。我们只知道，暮云将散，黑色幕布盖在我们身上，我们仍在黑暗中，逃亡。

我们一路上，都是谣言的传播者，我们天生具有表演的天赋，我们不失时机地夸大杞县“钴-60”的危害，在内心里，我自己把逃亡当成一种坦然。说到辐射，人们习惯于把它比喻成一把刀，狠狠地砍向每一个人的刀。我们经过每一个村庄，都必然引起这个村庄的骚动，然后是突突的机器声，村庄很快就空了。

越来越多的人，加入我们中来，此后的逃亡，更具有一种道义上的合理性。

这些人，都希望逃到一百六十公里以外，寻找一个地方，暂居肉身。

跑了多远，我们不知道，下车一打听，仍在一百六十公里以内。我们不敢停下，继续逃亡。

第二天：恐惧

途径一庙，庙内的树，有些年头，已有碗口粗细。这树红布缠身，这是中国传统的偶像崇拜的惯性套路。

庙内的香炉灰不多，可见这是一个被人冷落的地方。但是二奶下车，用一种豫东平原虔诚的思维，去下跪，去念叨。她把整个心思，把活着的念头扔给木头，她怕自己的虔诚不够，居然长跪不起，哭成了泪人。

这里，是一片宁静的地方。它接受诉求，接受祈福，接受任何无望的念头。

后来，我们又开始奔跑。车走的时间长了，水箱里的水沸腾了，开车的二叔只好熄火，停在路边休息。

我们鸟一样散入村庄和田野。

天亮了，我们忍了一夜，饥饿像一把膏药，紧紧地贴着我们的胃，每一次呼吸，都感觉一阵疼。走得匆忙，吃的东西早就吃完了，只剩下一些干馍，吃起来像石头般坚硬。

路遇一瓜园，一瓜棚搭在地头。我们走进瓜棚，简单，狭小，仅能容身。里面有一老翁，面壁而卧，鼾声渐起。

我们叫醒他，把我们的苦楚裹在语言里，他慷慨地为我们切瓜。他刀刻的脸上，似乎隐藏着一个村庄的秘史，或者说是一部苦难的史书。

通过交谈，我们逐渐打开内心的堡垒。他说："这村庄，快完了。"不过十几年工夫，这土地竟然留不住了，一个个人背着与城市的媾和，决绝而去。似乎这村庄，再也不是一株庄稼的根，或者再也唤不醒一个人的童年。

他儿子过完春节就走了，家里只剩下他老两口和两个孙子。为贴补家用，他种了一亩西瓜，这西瓜，是一年的柴米油盐，是一年的知足。

似乎“知足”一词，早就不在中国人的躯体内生长了。

他们一个个流浪到城市，像一株株被移植的树。根部已动，虽然活着，但是生命里再也没有生机了。

在这里，我犹如一个流放者。

我自己蜕变成一只蜗牛。我头顶的根须，只是接触外在信息的天线，我把所有亲人的消息一一接收，然后自己再慢慢地躲在这个壳内。

我在壳内恐惧地活着，我咀嚼着一个叫作草儿垛的故乡，我把它吞下，然后一口口吐出故乡的枝叶。我似乎有些儿女情长，在谣言的压迫下，我竟然有些跑神，把逃亡当成一种修炼，把自己内心真实的恐惧，一点一点摊在逃亡里。

我多想，在逃亡的时候，念叨一些俗世的事情，譬如活着、安好。在逃亡中，我把整个河南梳理一遍，把河南荒凉的田园，放在功利的秤上，重新称几下。

只有在逃亡时，才能坦然面对地域的破败，静下来冥想，苦思。

第三天：蜗居

抵达商丘，已是日暮时分。

我们这些逃亡的人，躲开那些炫目的繁华，我们习惯于以一种乡下人的身份，去打量城市。我沿着一条幽深的街道，去撬开那些简陋的旅馆。

我蜗居的地方，只有雪白的墙和一盏昏黄的灯。一张床，不大，足够容身。有电视，一打开，满是雪花。这电视，似乎是一种摆设，或者说是一种骗人的伎俩，它身负虚伪的营销，把城市的虚伪展示出来。

也许，只有夜晚，天完全黑下来，我才是我，我才能赤裸裸地面对世俗的逃亡。一个人，只有成为他自己，才能去面对这个世界。我们在夜晚脱去套子，把自己的灵魂放在床上。

周围住的都是杞县逃亡的人，这一群流亡者，开始把一些节俭带到这里。他们面对灾难，居然不舍得扔掉一些世俗的思维，他们坐在廉价的餐馆里，把廉价的食物塞进空虚的胃里，然后，食物慢慢分解，形成一种支撑生命的因子。

一个人，客居这里，把一个陌生的环境，当成人的心灵屠宰场。人在这里，我仍挂念村庄，这三天的逃亡，如一把刀，把我一点一点凌迟，最后剩下生活的一地鸡毛。

说到活着，我想起余华的《活着》，那命运的不可把握，像此刻的自己。我被钴-60事件刮起的风，吹到这里，然后蜗居。

夜晚，一个人躺在床上，却无论如何也无法安睡。异乡的床，硌疼了我此刻的忧虑。

我好不容易才被黑夜带进逃亡的梦里，迷迷糊糊地睡去。这世界又回到一种常态。清醒的人，仍怀抱着一种逃亡，把日子往前赶，他们知道活着的每一天，都犹如逃亡，区别只不过是，在逃亡的途中，是否会遇到一些可爱之人或者有趣的事。

我渴望钴-60事件消散掉，从一些被生活逼迫的尴尬中恢复到日常的平静。有时，我一再追问，这种逃亡是否有意义，或者这逃亡还能坚持多久？

中国人，素来被所谓的流言夹裹着前进。钴-60、海啸引发的盐事件，每一件事情，都左右着小人物的生活。

在商丘，时间一秒一秒地消失，我却一秒一秒地背上沉重的十字架。抛弃和绝情，是事件留给我唯一的标志，我在黑暗中，仿佛听到哀乐。

第四天上午：返乡

逃亡的第四天，我被家里的旧时光或者是地里的庄稼所唤醒，母亲在家看门，或者在家已不安三天之久，我可以肯定地说：这三天，母亲如坐针毡。她对远方的挂念，肯定胜于对此刻地里的庄稼或圈里的牛羊。

我被一些东西所牵引，我觉得自己该返乡了，该回头去看看那些安静的时刻，黄昏或正午。正当我惶恐之际，兜里的电话响起，是姐夫打来的："钴-60的辐射没事了，回来吧。"那一刻，我竟然流泪了。

听了这句话，我觉得我头顶的乌云散了，一片光，照在心头。我迫不及待地归乡。

路上，一辆车接着一辆车，公路彻底瘫痪了，这些车，像蜗牛一样慢慢爬行。我们被这缓慢的时光折磨着，我们的内心，再也无法安静。

过了睢县，车才快些。我突然在返乡里找到了自己，一个关注故土的乡下人，慢慢地靠近那个破落的地方。“返乡”，是一个神圣的字眼。

鲁迅的返乡，是一种文化的审视；而我的返乡，却是一种文化的崩溃。我仍在故土的荒凉中，保持着一种善良的念头，我试图把故乡那些闪光的往事，再往心灵的教堂里推推。

终于归乡了。

田野的植物仍繁茂地长着，它们似乎没有为人类的荒谬而止步。正午的阳光，把许多慵懒的想法堆放在安静里，牛羊把时光啃老了。

我所钟爱的土地，终于安静了。这干净的草书，是村庄的原生态。

归来，一颗逃亡之心。

夏、雨水和村庄

一

夏日渐长，欲念渐多，这是我对夏日的唯一定义。也许，夏日被季节的湿热挟裹着，有一种内心膨胀的感觉。夏日的天，很蓝，这与冬日的雾之灰，构成一种反讽；夏叶之绿，与冬之枯黄，构成另一种反讽。

夏日里，大地看似安静，实则跃动，玉米的拔节，雨水的洗礼，都是夏之物语。只是，人听不明白，只有土地能听懂植物和雨水的词牌。庄稼，时刻被干旱验证着生命的长度，一些脆弱的部分，走着走着，就不见了，只有坚韧的植物，能熬到一场夏雨，然后奇迹般复活。

在夏日里，有一种倔强的音乐叫蝉鸣，这出身乡野的虫子，翻越土地的黑暗，或者说钻出土地的暗洞，蜕变，展翅，然后寻找一棵可以栖身的树，作为藏身的教堂。夏日树木众多，每一棵树，是否都能灵修、背经？闭眼，耳中的蝉鸣，居然变成了背诵经文的声音。这占据高处的小虫，似乎比人更能把身上多余的部分，一一摘除，活得超脱而纯粹。

在村边的河岸，青草散布在河水湿润的身子上，用一身水骨，陈述着孤寂和落寞。我无意于把水草装饰成村庄吸引我的唯一理由；我躲在青草边，把它丰腴的意象，折成一封家书，寄给远方的故乡。

一个人，在夏日处，等待夜幕低垂。

夜色泛起之际，一个城市即将没落，灯火代替了庄稼的呼吸。

夏夜，一个人多半无法安静。热，是一贴醒神药，让夜精神百倍。点菜，上酒，招呼三五好友，聚于夜市，大排档、烧烤摊，是夏夜最热闹的集聚地。人吆喝着划拳，脚下的啤酒瓶，东倒西歪，散了一地。桌子上，也杯盘狼藉。一场酒，让我对夏夜有了更为直观的理解。

酒，成为度过黑夜的最好借口。

当初一起喝酒的人，早就不在了。他们像一只只飞鸟，散入中国的城市。此刻，在小镇，只剩下一块黝黑的招牌“乡村饭店”。它还在坚守着乡村，它的骨子里，有花生米、兰花豆和酸辣绿豆芽，这些家常菜，是属于乡村的。它，拴住了一个个平淡的日子。

每次回乡，我都会在乡村饭店的门口待一会儿，然后默默走开。此刻的沉默，掩盖不了我对乡村衰落的失望，隐藏着我对乡村饭店的感激，它为我保留一段鲜活的记忆，或者说，它是一个可以朝圣的地方。

我是一个怕酒的人，但时常被一种所谓的交情和俗世推到酒桌上。我像一片叶子，被一阵阵煽情的风吹拂，最后淹没在一场酒里。

内心的酒，在肠胃里流成一条河流，它时而湍急，时而和缓，最急促的时候，我的胃像着了火，灼热，疼痛。

酒会麻痹我的歉意，或者说让我遗忘灾难的深渊。记得那年，我和朋友坐在路边的小酒馆，用酒浇灌着我们的恐惧。现实的种种，像一把刀，解剖着我们，割向我们日常的平静。药品安全、地震、水污染，每一件事情，都在我们的灵魂上长出黑色的花朵，这让我想起波德莱尔的《恶之花》。

“谁不会使孤独充满人群，谁就不会在繁忙的人群里独立存在。”独立存在又有什么意义呢？只不过是将一份份看不见的孤独凌驾于人群之上。

我无法忘记，我一出酒馆，就看见一辆车，以飞快的速度把一个人撞开了花。我被这惨象吓傻了，我内心的酒精被一点点挤走。我用清醒的目光打量着，这个孩子十分钟前还活蹦乱跳，此刻只剩下一摊血。世界就是这样，在生与死的反复变化中，让人活明白了。或许我们应该给这个世界上活着的人重新命名：重生1号、重生2号……或者说我们只是世界流水线上重生的一环。我们每一个人，都会参与到泡沫经济中；我们无法摆脱为蜗居而付出的代价：用一生节省的钱，去敲开医院的门。我们好不容易拥有了房子，却伤痕累累：头发已白，颈椎出现了问题，胃开始反酸……笔直的身体，早不是当初的模样。

二

夏夜，充满诱惑。

女人的体香，或者一只叫春的猫，都隐藏在灯火里。也许，夏日和冬日，不仅仅是一个季节的差别，更是一种感性和理性的差别。在冬天，一个女人的肉体，会被羽绒服裹起来，最终臃肿得像一只企鹅。在夏季，女人的身体就解脱了衣服的束缚，她们袒胸露乳地闪入黑夜。夏日，是属于女人的专场，她们张扬，她们性感。在夏日，男人多少有些自卑，他们的啤酒肚像一座山，把一个男人带进一种庸俗的病态里。还有一种男人，对夏日充满恐惧，白天他们隐藏着心里的恶，到了夜晚，灯火初上，一些欲念便开始出现。男人和女人，在黑夜里，寻找一些冲破压抑的途径，他们散布酒吧或舞厅，把白天的矜持，扔在黑夜里。

我记得我村的二狗，人长得还算可以，因为家里贫穷，只能一个人孤独地活着。每到夜里，他都像一个幽灵，在村庄里游荡。村庄的人，把他看成不祥之兆。他趴在窗户，看里面的女人露出雪白的乳房，有时候躲在窗户下，听里面夫妻私密的生活的声音，这时，他似乎得到一些快感。

白天，他是清醒者，耕地，劈柴，把日子过得有条有理。夜晚的他，和白天仿若两个人。有人说他人格分裂，但是我知道，是贫穷和压抑，让他变得如此。

也许，他理想简单，安于做草民，安于世俗的家。但是世俗的偏见，或者是世俗的风，总是不关注弱者。

此刻的二狗，我已不知道去了哪里。

我知道，现在的夏日，比当初的夏日更狂野，更奔放。雪白的大腿，挤满街道，乳沟堆在人的脸上。这大概不像几年前的样子。

当初的乡村，是如此含蓄，哪里有这么多不夜的灯火。

我猜想，夜，成熟了。成熟后的夜，更加堕落。人，放纵；路边的烤肉摊，散发着肉的气息。这夜晚，哪里还有一点素心呢！

也许，我是淫邪者，所以我看到的多是礼乐崩坏，乡村的安静倾塌了。城市，更加浮躁。我从不敢说自己是一个诗人，因为诗人全陷入了一种怪圈，他们吹嘘、追捧却少有安静的写作者。一些欲望，不仅在诗人的文字里蔓延，更在诗人的灵魂里蔓延。

夜的热，有讨人厌的脾气。那些腐烂的味道，来自哪里？

鼠夹上腐烂的老鼠，雨水中腐败的青草，还有庭院中晒干的鱼。这些，让人想逃脱夏日。

一个人，在夏夜里，更会怀念冬夜的雪。夏夜总给人英雄气短的感觉，在欲望面前，总有人草草地败下阵来；而冬夜，却要文雅些，一场大雪，天地安静。

一场夏雨，就会把人打垮。泥石流、海啸、暴雨，总是铺天盖地地在微信朋友圈里刷屏。其实我不关注这些，我关注庄稼，以及庄稼深处那些绝望的农人。他们在一场雨中，或喜或悲。

面对一场雨，有些人会想应该敬畏神，求求平安。然而天一放晴，他们就钻进了麻将场，忘记了。

也有一些人，在雨中想想往事。我记得三爷总是给我讲雨中的三奶。那年，三奶很年轻，刚生了我的二叔，就这样一场大雨，把她逼迫到雨水中。她拿着塑料薄膜去盖麦，一道闪电，再也没有回来。每遇到夏雨，三爷总是很恐惧。

雨水是一条悬浮在人心上的河流。

我乐于这样描绘它：暴戾，自大。我突然想起一些古诗，苏轼和李贺的暴雨，落在瓦上，落在树叶上，落在荒凉的人心上。

面对一场突如其来的大雨，时间仍是线性链条，它紧紧锁住一村的安静。也许，雨天的日子，炊烟便呈现出不自信来，它们是灶台的私生子，不敢在空气里过分张扬，只能在雨水里，体味着一些淡淡的忧伤。

我突然想起我的村庄来。雨夜的村庄，多像一首乡土的诗，里面充满饱满的意象：蝉叫、蛙鸣以及狗吠。村庄安静地活着，有一天，它会消失吗？

村里十室九空，青年厌倦了汗水的腥味，厌倦了黄泥路的纠缠，他们终于在城市扩张时，像一条动脉输入到城市的躯体上。也许，乡村与他们再无瓜葛，他们只在意城市的枯荣。

村里坚守的，只有老人。老人死后呢？是不是村庄就死了？

这些显然没人关心。祖坟会接纳老人的身体，但是乡村的文化，会随着这些老人的死去而消逝。中国经历了几千年的农耕文明，最终被现代文明的进程所撕裂。无论是夏夜，还是冬雪之夜，再也没有孤独坚守之人。狗也随着它的主人死去而消亡，没有狗吠的乡村，便凸显出一种绝望来。

南风吹来，会遇到破败的墙和同样破败的日子。人走后，繁茂的事物只剩下野草和蝉鸣了。没人去打扰它们，也没人会在夜深人静时，用手电筒照着去捕捉蝉的幼虫，去填充人挑剔的胃。野草可以尽情生长，昆虫可以尽情繁衍，把村庄的空处填满，把村庄的某些必然或者偶然，埋葬在时间里。

我总是想起一些未走远的图腾，它们攥着村庄唯一的遗言。每年，无论是否有雨，无论是否有人查看节气，它们都召唤着一种文化的根，来与雨水交谈，来与树木交谈。

村庄，在衰败之后，会更加孤独。它们以一种决绝的心态，宣布与整个人类绝交。它守护着荒原，打捞出一些生锈的往事，再把一些仍未被浮躁淹没的行踪和时间，用夏夜的雨清洗干净，然后等待风，再吹一遍村庄。

蒜田记

一个人，不能没有记忆。

我想，我面对着蒜田，陈述的应该是一段漂浮在苦难之河上的命运。

那些年，天未亮，就有农家的门开了。

先是一个人，闪入黑暗里。而后，是一街筒子狗的叫声。

一个人，醒了，意味着村庄的闹钟响了。那个人，是村东头的麻秆。其实，他本名叫风萧，但是因为瘦，村人便戏称他为麻秆。他不赖床，会伴着第一声鸡鸣，准时地出现在村口。

麻秆，干活是把好手，一个人，把土地当成他的秀场，收麦，扬场，样样在行。可是面对几亩蒜，他怂了。

出蒜，是个累活。一个人，把自己交给土地，交给天气，任由风吹太阳晒。

对待每一株蒜，都犹如对待祖宗那样谨慎。不小心，弄坏了蒜身，蒜就废了。村人，一条腿跪在地上，一条腿蹲着，弯腰低头，蹒跚而动，为了赶时间，不敢偷懒。

天灰蒙蒙，远处还模糊一片，父亲已经站在土地上。

天，渐渐亮了。父亲抬头一看，不知道这些人，从哪里冒出来的，一个个，撅着屁股，弯着腰，手却灵巧地动着。

五月的杞县，一片刺鼻的蒜味。

早熟蒜已经熟透，该出土了。晚熟蒜的蒜薹也密密的。

这时候的农人，身处苦难的夹缝里。父亲的身上，斜挎一个布袋，里面装满了蒜薹，重重的，压得他腰似乎抬不起来了。

五月的天，不解人意。

早晨，是露水的世界，蒜叶上沾满露水，人一过，裤腿湿了半截。

人忍受着这冰凉的露水，像一个被岁月覆盖的蜗牛，慢慢在平原上蠕动。

父亲的腿，是老寒腿，遇凉则入骨般疼痛，他却一头钻在蒜田里，腿颤巍巍地动着。我知道，这战栗的姿态里，隐藏着一种苦楚，一种被生活渐渐同化的顺应。

母亲说，孩子结婚了，家里也近日无忧，不如种几亩麦子，也能应付生活。可父亲偏不，他说，人活着，就得在土地上种一些念想。

我不知道，父亲的念想是什么。

是姐姐钟爱的那口腊八蒜，还是蒜泥凉拌的荆芥叶，我不知道。

也许，从这里可以看出，父亲和我，交流太少。他把自己种进土地，长出一片安静的叶子。

五月，蒜成熟了。也许，在天亮之前，有一双粗糙的手，凭一种直觉，在分辨一株株大蒜，右手用铲子挖它的根部，左手拽住蒜苗用力拔起，根上带了一团泥巴，用力一甩，土便落下。

这看似轻松的语言里，包含着一种怎样烦琐的重复啊！我不知道怎样去陈述一项巨大的工程，怎样去搬运，那几亩薄田里承载着的日子。

每一天，人被绑在土地上。他们蹲在地上，一步一叩首，虔诚地膜拜。

在乡村，五月有很多雕像。他们或高或低，用僵硬的动作，去雕刻五月的蒜田。蒜田是一座坛，每一个人，都是上面的一尊经历生活的雕像。

五月，饭食简单，一壶水，一包方便面，就是一顿饭。争分夺秒的时候，是嫌弃攀比心理的。

也许，一场雨，蒜就淋在野外，必须趁着阳光灿烂，多干一些活。

五月，人是如此矛盾。

天热，他们期待飘来一片云，有些阴凉，可是又怕云里飘出一场雨。所以他们倒是忍受着把自己摊在日光下。

也许，回馈人的，是腰疼、腿疼，是一种自上而下的眩晕，还有蒜干后，那被人操控的价格。

乡人，在土地上种蒜，其实是种一些希望。他们精心施肥，管理，每出一片叶子，就有一个庭院的欢愉。他们的希望，和蒜一样，一点点成熟；但是，价格变成一把斧头，狠狠地砍伤了生活。让一个朴实的人，去缩衣节食，是社会最无耻的行为，它让每一个可利用的商业环节，强势介入生活。

一个人，在五月，会背着太阳行走。每一个五月的农民，都像一个夸父，走在被热气绑架的路上，脸，已晒成黑红色。

乡人，面对一片蒜田，犹如面对一片未知的明天。

明天，一阵风，价格就高了。乡人，会微笑着说："再等等。"期望，在一天天中生长。突然一天，村里再也没有商贩的吆喝声，女人便慌了，催着自家男人，去县城探探消息。

果然，蒜价落了。村里，死一般安静。再也没人走上麻将桌。

二牛家，指望着今年的蒜，给儿子翻新房子，这一落，房子没希望了。媳妇嘟囔着二牛。天一亮，二牛去了郑州。

一个人，被命运左右。

房子没办法翻修，该娶的媳妇，就这样推脱着不进门，一年一年的，二牛一狠心，想借钱盖房。可是，蒜价如此，谁家也没闲钱。二牛的儿子，跳河死了。

这是一个悲剧，或者说是人被生活逼上悬崖的边缘。他们每走一步，都如此吃力。他们干净而纯朴，可是却在土地上，一步步失去信心。

日子，被一些偶然推着走。

一些人，装袋，上车，把蒜堆得高高，开进县城。然而整个县城似乎都与农人为敌，人们居高临下的态度，让农人有些惶恐。

一条街，都问过了，没有一家买家愿意出高价。看天要黑了，一咬牙，卖了。就这样，一家一家的蒜，被运往城里。到了七月，蒜终于尘埃落定了，村里的蒜，空了。一些被填入工业所制造的机器里，一些却经过包装后，漂洋过海。

这被机器生产的蒜，是否还有保留着一些生活之苦，我不得而知。也许，我在洛川的街道上，随便进一家餐馆，那里面的蒜香都来自故乡。它含蓄，它清香。大蒜，通过一条暗在的途径，进入我的身体。我突然觉得，我内心的“愤青”的特质、绝望，都像一个隐喻。

我无法去改变什么。在蒜田之外，一个无法摆脱泥泞的底层，他们在平淡与冒险之间，仍活着。

一个人，在蒜田里，分解生活。

栽蒜瓣，盖薄膜，剜蒜苗，拔蒜薹，剜蒜，切蒜胡，晾晒。

这繁多的工程，把一个人的时光耗尽。然后留下一个变形的身体。

此刻，身体里膨胀的风，仍亲吻过一片蒜田。

阳光，不负土地。风也不辜负被社会遗忘的蒜田。

这里，是一个人炼狱般的围城。

豆 田 记

土地，是草木的子宫。

节气，一个连着一个，好似女子的孕期，土地用一次次的变化，丈量着庄稼生长的样子。

清明前后，种瓜种豆。

麻三，随着清明的风，去东地的坟里，给母亲烧了一摞黄纸。回来，就跑进地里，把时间扔在那儿。

拉犁，播种，覆盖，踏实。

之后，是春耕后的安静。

好雨知时节，雨在清明这天，终于下了，浇透了土地，浇透了村庄，浇透了敞亮的人心。

麻三，默默地望着雨，身子靠在门上，嘴里的旱烟，一口比一口吸得缓慢。

这感觉，仿若置身豆田里，那饱满的亮，支撑着他的田野。

麻三，仍忘不了，那个贫瘠的一九七八年。

那年，刚分地。麻三母亲就种了一亩黄豆，她馋那一股油香。给生产队干了半辈子，每天的菜都是白菜叶子，清汤寡水地活着，油星不见一滴。

突然日子转向了，个人，有了掌控权。一亩黄豆，时常入梦。它们在梦里，噼噼啪啪地炸裂，很响，很自由，没有不安之心。

秋收后，把黄豆运到油坊，轧了两壶油，第一顿，炸了油泡。

麻三母亲居然美美地吃了一筐。

麻三母亲的名声，像风一样，传遍村庄。谣传里那个女人，似乎越来越不像她。说她好吃懒做，说她是个猪精。

这风传到她耳朵里时，她心里一惊，便中风一样瘫了。

一瘫三年，床前的麻三，似乎变得沉默不语。这件事，和麻三形成孤僻性格有多大关联，已不可考。

麻三成家后，却莫名地喜欢种豆，他喜欢闻豆香的气息。风一吹，他便觉得每一株黄豆都仿若母亲的复活。后来，他的习惯由喜欢黄豆，扩展到喜欢与豆有关的所有植物，在他家的豆田里，种有兰花豆、豇豆、黑豆、绿豆。

春天，整个村庄都种小麦，唯有他家的兰花豆开紫花，散发着清香。然后便是一嘟嘟绿绿的兰花豆荚。豆引领着春天安静下来，或者说引领着乡村的味觉。

小时候，月明星稀，便有几个单薄的影子，偷偷从村里溜进他的豆田，每人一捧兰花豆，在河边支锅，煮豆。那时，便觉得世界上最好吃的东西也莫过此了。

没想到，在村庄如此干净的风里，还隐藏着如此多的恶：偷盗、谣言、贪婪。

也许，麻三的豆田，像一枚针，扎进人们的心里。麻三煮豆，往往在夜深人静时，风一刮，这味道，便散入到每一个贪婪的鼻尖前。

肚里咕咕叫。一些人，便盘算趁着夜，顺着风，去窃一点。

后来，豆田上先是一串脚印，而后便是大规模的踏践。那伏地的豆苗，犹如麻三母亲被谣言中伤的身体。

麻三，是村庄里的一尊神。

每次评选干部，村里人都说，选麻三吧，他勤快，朴实。我知道，这是他们在缝补着村庄的羞愧。

麻三，名义上是干部，其实只是一个会摆弄豆田的农民而已。

这些，都是父亲嘴里的麻三。

我眼里的麻三，老态尽现，皱纹已爬满了脸。这是一个老套的比喻，或者是一个平庸的描述。他的老，包含岁月打磨下的一些苍凉。

麻三仍那样热爱着豆田。

在豆田里，有麻雀在飞，似乎这里仍有生机。大豆那繁茂的枝蔓，是乡村的另一种抒情。

许多人，每年都要从城市来。

他们在豆田里，像邂逅了故人。也许，这大豆里所隐藏的悲苦，他们不知，但是他们所感动的，是他们累时，能回来看看田园，或者回顾一下童年，然后便满足地去了。

这是全体城市人，或者是全体中国人的通病。他们期待在自己的命运里，有一片田。

可是，他们忽视了这片田上，一个叫麻三的男人，两个叫麻三的男人，或者说千万个叫麻三的男人。人们习惯忽视他的苦，忽视他的无能为力。

有时候，我觉得自己也有一片豆田。

突然觉得这想法是如此荒谬。我对于豆田的怀想，不是因为那个叫麻三的男人，而是豆田可以给予我油香。

在乡村里，我听不到麻三的哀叹，也闻不到人心不古的气息。只有大豆的燃烧，还具有刚烈的韵味。它被送入灶台不久，就听见噼噼啪啪的炸裂声。这声音，和黄豆成熟的炸裂声，如此相似。

我曾经不止一次地想，黄昏落下来，夜色就浓了。

父亲抱着柴火，正经过我的灵魂，这柴火是大豆秸秆。也许，这大豆像个壮士，该涅槃了。它反复逼迫的，一定是另一种形式的自己。这让我想起曹植的七步诗："本是同根生，相煎何太急。"

突然，脑中想起麻三的母亲来。

她还是那么清癯！

她，带有对生活的仁慈的态度。她笨拙，只能想到生活的表层思维，忽略了在生活的深处，还有一把垂钓的竿。

豆田，绿绿的。

豆田，黄黄的。

那么，人心呢？是干净的绿，还是饱满的黄？

也许，土地知道，草木知道。

人比草木聪明，一定也知道。只是太多的人，身负虚名之累，被一些东西牢牢地绑着，不敢说出来。

回顾往事，风，依旧温和。

不点透的乡村，仍是神秘。

正如一片饱满的金黄，看着虽高贵、亮眼，黄金之气遮蔽了一些灰尘，但谁也看不到，它根部的污泥。

棉田记

一些人，书写故乡，总是从草木切入。

那些亮眼的桃花、杏花，似乎把故乡缠绕得格外热烈。可是我对于这些沉溺于春天间的花朵，总是不感兴趣，总感觉它们在偷巧，它们不敢去秋天的地盘上，淋一次露水。

父亲背负着的棉花，也是一朵花。《梁书·高昌传》里记载棉花：“草，实如茧，名为白叠子。”我喜欢这样的名字，一层层白，叠在一起，堆砌起一个雪白的故乡。

我想找一些关于棉花的文字，温暖那些冻僵的细节。

我记得在文字里，我描述棉花时，借用苏轼“江东贾客木棉裘”的句子，同事开口笑了。我知道他的笑，有一种自大的味道在里面，他一定笑我错用“木棉”二字。其实在隋代以前本无棉花之说，只用木棉代指。

一些关于棉花的情节复活了，那么一些与棉花有关的内在暗疾呢？

一条潜在的线索，缠绕着我家的院子，此遗留的线索是一条冰冷的河。每年春天，祖父都会召开会议，以会议的方式让种棉的理由合理化。这是中原乡村里家长制仪式的源头。我们不喜欢这会议的氛围，没人敢出声，安静得有些怕人，只剩下祖父的咳嗽声。

我知道，在这仪式的背后，一定有母亲多难的命运。

春来，母亲蹲在麦田里，和空中的布谷鸟一样，成为豫东平原最孤独的事物。她铲苗、搬运、培土，然后用粗糙的手去记录一棵棵棉花的童年。

豫东的五月，排除苦难的成分，仍有一些温暖的事物。譬如，棉花与麦田，棉花与布谷。田间套种，是豫东唯一固定的种植模式。麦粒饱满，而棉花也躲在麦子的阴影下，安静地呼吸。

五月的麦田，是干净的。

很多人会忽视这匍匐在地的棉花。

麦割后，平原开阔，只剩下棉花的青绿色，还是旧模样。它慢慢地生长，慢慢地吞噬我的记忆。我觉得五月的棉田，是一本旧书，等待着人去翻阅。

翻阅者，可能是你，也可能是我。我觉得在棉田面前，读书二十多年的我，远没有文盲的母亲更自信。学历的名片，在一片棉花前会黯然失色，同样失色的还有一些分不清棉花和蓖麻的城里人。每次看到母亲灵巧的手，分蘖、打叉，便觉得一生的时光都虚度了，我在脑中存放的知识毫无用武之地。

秋后，棉花便开了。

我喜欢棉花田里的父亲，腰里的蛇皮袋，似乎是他应该背负的一生之重，把他压在岁月里。那些枯黑的棉桃，是如此丑陋，却结出洁白的花。还有一些，在太阳找不见的地方，成了坚硬的花，小而结实。

这时的父亲，才是真实的，他是被生活逼上梁山的父亲。不管以后父亲如何伪装，我都知道父亲棉花般的内心，是和他苦难的躯体连在一起的。

结婚仪式上穿着讲究的父亲，学校发言时紧张的父亲，都是父亲的幻影。我认为父亲的那个本体，一定在一片棉花田里，被岁月压缩着。他的灵魂、淳朴、些许狡黠，都被锁在躯体内。

童年的我，对祖母的唯一印象就是她手里的棒槌。她一个人，把棉花摊在庭院里，然后用力地捶打，每用力一次，都会伴随一声剧烈的咳嗽。这棉花的表象是如此柔软，可是它的本质却如此坚硬，把生活中的每一个人压垮。

我突然想起了棉花糖，那种膨胀的美和甜。它有一个棉花般的身子，却衍生出一些阳光的属性，轻而软。棉花糖的产生过程是一个自身不断增加的过程，它身上不见糖的属性，只剩下一个变形的身体，在阳光下活着。

拾棉花，是一个人对于棉花的另一种亲近。

白天把棉花摘回家，晚上趁着月光，一个人什么都不想，剥开棉花的内心，那里遍布白银之美。月光下的人，似乎也比平时美了很多。

月光是那种淡淡的。一呼吸，满心安静。猫头鹰的乡村，似乎也有安静的时候，飞鸟不动，唯听见棉花喊疼的声音。

棉花的疼痛似乎只有棉花知道，但是父亲的疼痛，我知道。那些年去镇上卖棉花，钱结后给一凭证，是用来领棉籽的。可是只有早上七点到九点之间，会有一批棉籽送来，然后呼啦一下子就被棉农抢空。天灰蒙蒙的时候，父亲已经来到镇上，门还没打开，他就和村里的一些人翻墙进入，蹲在门口等待。下落的过程中，父亲的脚崴了。

我不知道棉籽和时间，哪一个欠我更多，或者换句话说，它们至今都没道歉过，时间一直说着无关痛痒的话。

棉花之于我，是疼痛。至今，我都不敢面对一片棉花。

面如白雪，冷暖自知。

这句话，是我从生活里悟出的。寒冬，白雪盖住村庄，我们也需背着一场白雪行走，这背上的雪，就是白棉。有棉花的地方，就有一双灵巧的手，“素手抽针冷，哪堪把剪刀”，说的就是母亲。在一些生活的真相里，总有一些被人忽视的苦难。

在乡下，棉花是一本大书，或者说是一本乡间语文。

我的教育启蒙，是在棉花地里得到的。母亲总是通过一些乡村的俗语，让我感受到祖国语言的可爱。“四两棉花——免谈”，棉花的轻，是通过触摸而感知的，乡村的启蒙都是来源于实物，而非虚空的理论。后来，把棉花和耳朵连在一起，我想起了父亲冻伤的耳朵。母亲做了护耳，是用轻轻的棉花做的。父亲的耳朵很坚硬，与“棉花耳朵——根子软”有些差别。

我的语言，在父亲的棉田里飞翔，在母亲的棉田里飞翔。

棉花，蕴含一种鲜活的因子，隐蔽在乡间。

一条迷路的狗

一条狗，是聪慧的。

父亲，常说起多年前的那条黑狗，它一身的毛，很光滑，像流水的瀑布。

一条狗，总是先于人到达人间的坟地。它吃祭品的姿态，和饥饿的人一样，毫无尊严，却只能如此。

这条狗，被祖父搭的窝绑架了。缺吃少穿的时代，一条狗被人认领，也是一种幸运。狗在那时，基本无用处。盗贼，是没有的。它的狗吠，在村庄飘荡，显得如此多余。

有余粮的人家，几乎绝迹。

蝗虫和干旱主宰下的中原，一条狗和人一样，只能自力更生。它们趴在春天里，狗改不了吃屎，但是狗居然改吃草了。太饿了，一条狗，胃里翻江倒海，趴在阴影里。

狗，饿得没了风采。我对它存在偏见，认为一条瘦骨嶙峋的狗，对于家里毫无用处，不如一刀下去，更干脆些。我似乎为我的言行付出了代价。

夜里，似乎有动静。

圈里的鸡，忽然骚动起来，然后又安静了，似乎什么都没有发生。

天亮，祖母照常早起，洗脸，喂鸡。进圈一看，一地鸡毛，鸡死在圈里，旁边是一只黄鼠狼，也冻僵了身子，狗在旁边，似乎在发抖。

这鸡虽死了，但是鸡身仍在，这让我们一家感到兴奋，那年月，一锅鸡的味道，是无可替代的。

可是，没人记起这黑狗。

黑狗，似乎消失了。

狗消失将近一个月了，全家似乎还没有意识到一条狗的消亡。一条狗的缺失，像一把刀，它一刀一刀，割在人的冷漠上。

中原，似乎还被饥饿胁迫着。一些人，身体出现了浮肿；另外一些人，熬不过日子，走了。

日子，就这么过着。

当某一天，这条狗出现在我们家时，我无地自容。我似乎没有想过找它，它是如何存活下来的，我无法想象。

也许，在北方，有一条狗，是孤独的。它带着流血的伤口，在吃不饱的中原，自我疗伤。

也许，它陷入雪中，它拼命地吃雪，它的伤口开始腐烂，它犹如一个无家可归的人，或者像一个没有亲人的老人。它把命运交给时间。生，也是它；死，也是它。

一条狗，对于生死无概念，有概念的永远是人。当人在中原的困境里无暇顾及其他的时候，把父母抛弃了，儿女也顾不上了，家都散了。在良心上，似乎有一条鞭，在饥饿的肉体上抽打，啪啪作响。这时候，一条狗，仍想着家。

一条狗，对生活未绝望。

它在北方的土地上，记住了一条路线，这路线是一辈子的温暖，是用忠诚换来的。人，却不管了，他们一路向西，抛弃了这颗粒无收的中原。

许多人，都不再为中原写传记。

他们心里太疼了，那干旱，留在枯干的神经上，一株自燃的禾苗，把一个人对于中原的温存，全烧掉了。

一条狗，回来了。带着生的希望。

我和这条狗，似乎冥冥之中，还有一段纠葛。

它，每天缠着一条母狗。为了占有它，这黑狗一改温良的性情，它用一条命，打败了所有的同类。

在爱情面前，它的头，高扬着。似乎一切众生，都被它看低了。包括一个懦弱的我。

我喜欢另一个姑娘，却一直埋在心里。是黑狗，把她赶到我怀里。我搂着她的时候，她还未从战栗里走出。事情朝着我希望的方向发展，这姑娘，成了我的妻子。

然而，狗却不受她待见。

在一个有雪的夜里，妻子命令我，杀了它。我心里咯噔一下子。

狗，似乎从妻子的眼神里，读出杀气，读出一山难容二虎。

狗，没有选择逃亡。

它选择了绝食，它盘踞院子里，像殉道。因天寒地冷，它僵硬了，似在打坐。

此后的很多夜里，我都会梦见一条黑狗，毛光滑如流水。它溜进我的梦里，却找不到归宿，它在村庄周围徘徊，似在回忆。

其实，迷路的，是我。

我一直，都活在忏悔里。

一匹追梦的马

夜晚，独坐。

我是被吓醒的。当我说出这句话时，妻子笑我。她哪里知道，一匹马，跑进我的梦里，像一个杀手。

这马，全身灰白。

我只能描述这些，其他的，模糊不清。唯一清晰的，是一匹马，追赶一个人，把他追到一片麦田里。这马，只一嘴，就撕咬掉那个人的衣服。那个人，光着身子，在月光下奔跑。奇怪的是，这个人和我长得极像，好像另一个我，在梦里活着。

我在梦里，叫这个人祖父。

事实上，我对祖父毫无印象。当我出生时，他已离世多年，家里只有一张他的照片，是微笑着的。

我不知道，为何会梦见祖父，还有一匹灰白的马。月光下裸奔的祖父，像一团燃烧的大火，一直烘烤着我内心深处对于往事的遗忘和内心深处的苍凉。也许，一个人，对长辈光着屁股在村庄穿梭是羞于启齿的，但是，我讲述这个梦境时，竟然像在说一个与我毫无关系的人。

梦里的村子，也不是现在模样，它比现在破旧，犹如黑白照片，一个广播，占据村庄的中心地带。现实的情景是，在那个位置，广播被一栋楼房取代。

我无时无刻不在思考，这以前的广播和现在的楼房之间，是否有某种隐喻性的关联。它像一枚枚针，一下，再一下，扎着我。

其实，生活中，我家也有一枚枚针，被父亲保存在一个红色的箱子里，一把铁锁把通往所有往事的通道锁住了。我不知道，这针，为何会出现在父亲的生活里。

一个中年人，被一枚针和一匹马所劫持，被带到看不见的世界里。

为了完成对一匹马的追忆，我拼命地睡觉，渴求把一些陌生的梦境连起来，企图还原一个鲜活的人物。

在梦里，我看见一个少年，身体单薄，正在北方的风雪里，与狼对峙。

他目光冷冷，更像一头狼。

父亲的记忆里，也有一头狼，这头狼，被祖父所掳获。正是这头狼，改变了一个少年的命运，东家的草药，保住了。这件事滋生的副产品，就是祖父有了十亩耕地，且是在寸土寸金的黄河滩上。

梦境里，这马经常出现，我却找不到它的源头。似乎它每一次出场，都有其合理性。对一匹毫无根源的马，我开始生厌，开始渴望甩掉它。

一匹马，好像成了我的心事。

我竟然病了。

祖母发现我嘴里一直喊着一匹马。她有着吃惊，这匹马，已经消失了很长时间，不知为何会从我的口里说出。

祖母让父亲拿出红箱子里的那枚针，为我疗伤。我从来不知道祖母竟然身藏医术。这像个谜案，把我带进一个无法解码的世界里。

那夜，我发高烧，梦见一个少年，在十亩耕地上，种上草药，草药里，全是盛开的罂粟花。

这少年，笑了。罂粟花里，长出一个美丽的女子，竟然是我祖母的样子。

似乎，出现的线索越来越多，但是我越来越困惑，我从未在祖母的身上，闻出一丝罂粟花的味道。

是夜，我又梦见了祖父。他仍然光着身子在月光下奔跑。我在后面跟着，一直走到一片坟地里。

这坟地，分明是我家祖坟。一株十来年从未开过槐花的槐树，从现实搬进了梦里。我对梦境信以为真了。

这时，祖父正和别人下棋。似乎，他不知道我的到来，也许阳世的我，在阴世里是隐蔽的。他们在谈一场变故，或者说，是一场事件，所引起的灾难。

那一年，严打“走资派”。祖父所开的中药店被封了，说是罂粟花的味道太重。对面的那个人安慰他说“不说了，下棋，下棋”。两个人安静下棋，再无只言片语。下棋的快乐，冲淡了此前的忧伤，祖父笑得灿烂，把一切压在心里。

一匹马，似乎毫无用处。

几天后，这匹灰白的马，又入梦了，它的颈上，竟然长着祖父的脑袋。它似乎开口说话了，它说眼前之象，皆是虚妄。

“虚妄”一词，太玄。

我觉得这匹马是不祥的，就努力从梦里挣脱。可是它死死抓住我。它说这是它最后一次入梦了，想为我陈述祖父的命运。

“你的祖父，是个好人，是一个好郎中，就因为他种了十亩罂粟花，就被定性为投机者。”

“投机者”三个字，从政府的文件里飘出，太可怕了。人的命运，被这三个字，搅得稀巴烂。

“你祖父，是个好人。”它反复陈述这句话。我不知，它和我祖父之间，有什么关联，让它一直为祖父陈词。

为了弄清楚那些罂粟花，我翻遍官方的县志。在故乡，无抽大烟的恶习，罂粟只是做药材用。

这匹马，自陈身世。它说它是祖父用一块现大洋买来的，买它时它奄奄一息，快不行了，祖父救活了它，此后，这匹马没有离开过祖父。

后来，祖父被游街，戴高帽子，屈辱地扫大街。这些，马都看在眼里，但无能为力。许多人都受过祖父的恩惠，他们奄奄一息时，夜半敲门，祖父上门者不拒，号脉，煎药。有些人，实在揭不开锅，费用就免了。一转眼，这世风就变了，他们心里的仇，像疯草一样。

审判时，祖父已被人抽打得神志不清，人散后，祖父陷入绝望中。一匹灰白马，驮着他，回到豫东老家。

此后，祖父变了性情。对人，冷冰冰，也不再看病。一盒银针，是他给自己的最后的念想。

说完，梦就醒了。

一匹马，灰白色的，再也没有入过梦。

似乎，日子安静下来。

一些隐喻，也明确了。月光下，裸奔的祖父，正寻找着清白。红箱子，密不透风，像一座围城。

一匹马，在虚境里。

一只相遇的羊

与一只羊相遇，至今难忘。

午后的坡地，野草繁茂，似乎羊群早已吃饱。一个少年，为了捕蝉，误入羊群的世界。

那只羊，正与我目光相接。

我似乎被它的目光灼伤。它如此美丽，一身白素，羊角弯曲，四肢健美。一只羊，于羊群内，投射所有的秘密，瞳孔是一张纸，上面落满了情绪。

当我看到它，我觉得人间还有另一个世界。它们在刀口上，看似惬意，吃草，饮河水，实则暗暗面临着一刀封喉的危机。一只肥了的羊，多半是活不过年关的。

也许，我多虑了。此刻还是盛夏，一只羊，还不必为未来担忧，还可以尽情地活在当下。可是，人呢?

我在羊的瞳孔里，看见一片擦拭不去的云朵。那里，蕴藏着一阵雨，似乎要落下来，落在众生头上。

我无意归去，看云掠过黄昏，把黄昏的时间越擦越薄。树的影子，一点点稀薄，最终被暮色覆盖。

羊，该进圈了。

可是那个放牧的少女呢？

说起这少女，我内心深处便有无边的孤独感，有一种对人类情愫深深的恐惧。一个人，犹如在孤岛上，四周空旷，只有孤独，在一点一点，练习对空旷的适应。

这少女，据说走了。她厌恶了乡下的贫穷，她厌恶了同一群羊相伴。她内心里，藏有一座城市。

她，是乡下人，不会手艺。一个人，在城里，比一群羊活得可怜。

后来，听说她嫁了个城里人。这人，在城里有房，有户口。也许这些于她而言，就是一片草原。水草丰美，她是一只羊，活在丰茂里。

她，对城市的判断，过于简单，或者说，她高估了城市的包容度。上个月，她父母进城，是含着泪回来的。

她的丈夫，把她父母睡过的床单，洗了一遍。阳光下，这些床单，像一面面鲜艳的旗帜，占领了她的孤独。

其实，她是孤独的，她在这个家里，没有话语权，像个机器，永不停息地拖地，做饭，洗碗。

安静的时候，她想想那羊群。

其实，对羊群，她比我更有发言权。她从六岁放羊，把一只羊，繁衍成一片，把一个贫困潦倒的家，过得有声有色。

与我相遇的那只羊，目光的忧郁，和她何其相似。她走了，把魂丢在坡地上。一只羊，替她坚守乡村的孤独。

我和她，本无交集。

唯一的交集，就是一只羊。

我在山坡，偶遇一只羊，顺便把羊牵连出的往事，一起呈现出来。一只羊，为何如此打动我？如果我说喜欢它如云的瞳孔，多半是骗人的，其实我是爱它的主人，那个叫暮云的姑娘。爱屋及乌，顺便也爱上了山坡，爱上了晚云，爱上了羊群。

这姑娘，聪颖。这是小学毕业的我，唯一能想出的修饰词。

姑娘，是个受苦的人，她有一个贪杯的父亲，和一个木讷的母亲。一醉酒，父亲骂，母亲哭，只有暮云，冷冷的目光，像一条鞭，抽在父亲的身上，父亲一阵冷。

家，对她而言，只是个旅店。她一天都和羊在一起。她觉得羊比人有情谊，羊沉默，温婉，而不失风雅。她在山坡上，一个人，看飞鸟归来，而她像一个被时光抛弃的人。

夜幕，灯光如豆。星子，散在天上。

她赶着一群亲人，回家。

她是十里八村，唯一一个赶场卖羊的女孩。她的羊群，被一个贪酒的胃，掏空。但是，她喜欢逃出乡村，集市上，各色东西琳琅满目，让她觉得村庄好小。

后来，心野了，那个家再也圈不住了。

她卖了羊，人不见了。再后来，有人在城里见过她，她结了婚。父母知道，但老了。

村庄，暮云不见了。

村庄，暮云仍在天上。

一个少年，变成中年。

我是村里唯一一个，不出游的人。我出高价，把暮云留下的羊，买了。也许，这是我的念想。

盛夏，山坡上，野草丰美。一个中年，与一只羊相遇。羊的瞳孔里，满是怀念，也许，是在怀念一个少女，也许是在怀念一段时光。

在村里，我是一个奇怪的人，或者说清楚一点，我是村里唯一的光棍。我整天在坡上晃荡。

他们，认为我人长得不错，或者我身上有诸多优点，譬如老实、肯下死力，然而我对于生活的态度，一塌糊涂。

我其实不是怀念一个少女。

那么，我在怀念什么？

也许，只有羊知道。

或许，我本身就是一只羊，被养在山坡上。她，也许比我更像一只羊，被养在城市里。

两只羊，再无交集。

各自熄灭。

一条上岸的鱼

一条鱼，在水里。

它摇曳生姿，在水草深处，一点点把一条鱼的尊严，放大。这鱼，来自哪里，没人知道。

这鱼，逃离了人的驯养。

一条鱼，从水里冒出，一个鱼跃，涟漪荡开，同涟漪一起荡开的，还有一些人内心的黑暗和无情。

垂钓的钩，第二天就来了。它很有耐性，面对一条钩，一天不吃不喝。它活出了铁的纪律。这条鱼，对于入水之钩，心怀恐惧。

日暮，钩走了。

第二天，鱼刚醒，钩又悬在头顶。

也许，世界上，再也没有比拒绝食物最大的定力了。鱼和钩，在一条河流上，较量。

一条鱼，似乎识破了一条河的禁区，这禁区有一把钩，更有一个人，目光如炬，似乎把河面烧开。

鱼面对一条钩，想的是鱼命。

这里没有法院，也没有道德约束，万一被一条钩诱惑，失了身，一条鱼命，或许就永远离开了水域。

昨夜，这条鱼，看见土地上那些庄稼，被一铲车，蹂躏致死。它怕，这日渐高涨的热情。这里，在很久之前，只有水塘、稻田。

如今，这里是城市的战场。城市的犁铧，已圈地为牢。水，越来越少；土地，越来越少。

鱼，坚守仁义之道。你给我一瓢水，我反哺一池活水。它们，在水里繁衍，在水里布道。

一条钩，仍在。

这是第三天了，为了这条鱼，岸上的人，不厌其烦，早起，下钩，把一条鱼命，当成果腹之物。

鱼知道，这家伙，太贪心。

鱼故意试探，这家伙居然能沉住气，不拉钩，一看就知道，有太多的鱼兄鱼妹，葬在他手。

还是绕开吧。这里也不是只有鱼，这里还有野鸭、飞鸟。落霞与孤鹜齐飞，这湖水，向霞光里延伸。

其实，这条鱼，还看见一些人，轻身一跃，就不见了。后来，来了很多人，打捞，痛苦。

一个女人，也来过。她坐在长椅上，等着另一个人，听说是来约会的。最后只剩下两片白花花的肉，贴在一起。这人类，太滥情了。

鱼钩呢？怎么不在了。

这家伙，终于走了。

一条鱼的江湖，就是一条河流的江湖，它们有规则，不欺生，不恃强凌弱，这在人间，似乎不得。

正想着，我感觉越来越轻，似乎有什么提着我行走。妈呀！一张网，罩在我的身上！太可怕了，躲避了鱼钩，却还是躲不过一张网。

这人，冷冷地将我扔在地上。

我是一条被放在砧板上的鱼，人为刀俎，我为鱼肉。此刻的恐惧，是一条鱼最后时刻的遗言。

一片刀，剥掉鱼鳞。

我是一条赤裸的鱼，我的呼吸，近乎窒息。一片刀，顺着我的腹部，温柔地进入。血淋淋，便是一份陈词，或者是一张状纸。但这是一封没有地址的信，它不可能抵达想要去的地方。

我和人一样，死去。

人间，有墓碑。

它们选择葬礼的方式，土葬、火葬，或者水葬。也许，世界上最干净的葬礼，是胃葬。

一条鱼，记恨一把刀，还有一个消化的胃。似乎，一条鱼命，结束了。

敬畏之心，死于鱼。

牛眼里的乡愁

说到乡愁，竟然绝望了。

“乡愁”，是个大词。

它有声，有色，有形。一个“中”字，便是乡愁的高音区；年关的大雪、门前的红灯笼，便是乡愁的底色；乡愁有形，似乎说得过于美好，一头白发、蹒跚的脚步，或一个直不起腰的身子，把乡愁置于灵魂之上。

一个人，割掉脐带，还剩什么？

或许，只剩下回光返照的记忆。

那么，一头牛呢？有无乡愁？如果有，它的乡愁在何处呢？

一头牛，也会怀念昔日的静。

日暮，人归。

飞鸟散尽，暮色苍茫。

一头牛，走在进村的土路上，暮光照在它的身上，有些泛黄。也许，色泽均匀地涂抹，把一头牛推向黄昏。

牛眼里的高粱地，正被风吹着。呼啦啦，一片伏下，另一片又挺立如初。许多时光，与高粱有关。

高粱，男女皆喜。男人，内藏一颗酒心，乡下人，买不起高档酒，就喝自家酿的高粱酒。女人呢？研究高粱的食谱，变着花样，节省细粮。

高粱对于牛，也有大用处。高粱面，脱下壳，乡下人叫它麸子，牛喜欢。另外，这青嫩的秸秆，过铡，切碎，是上等的食料。

在乡下，牛和人一样，是此地旧主，它们的乡愁，人不懂。

牛，能从一片高粱叶里，听出故事。

在河南，有个老乡，叫吴其濬，他在《植物名实图考》一书中写道："吾尝雨后夜行，有声出于田间如裂帛，惊听久之，与人曰：'此蜀黍拔节声也。'久旱而澍，则禾骤长，一夜几逾尺。"

说这故事时，人，一笑而过，牛却记在心里。牛好像听到了拔节声，那声音，在中原大地，此起彼伏。

这声音，是北丐一派的，刚烈有力。

一种噼噼啪啪的声音，无论是雨夜、清晨还是黄昏，在田间响着，你听，多饱满的热情。

牛，喜欢高粱，其实是喜欢高粱身上的文化风俗。那些年，人老了，这"老"字，是死亡的委婉叫法。响器在外面，撑着门面，院子内，是高粱的肉身，被麻绳捆在一起，也就是方言说的薄。薄围的灵堂，是阴森的。牛，在一棵树边，也感觉到了凉意。

牛，吃着高粱的肉身，也吃着高粱的灵魂，它是一头通物语的牛。

日暮，牛从高粱地里回来。牛眼里的黄昏，应是这样：一个人，扛犁，走在它后面；一条叫大黄的狗，忠诚地跟在人后面。他们不紧不慢地走进村口。

牛走进村东的院子，卧立槽边。累了一天，此刻终于自由了，可栖息，可眺望。牛，看着主人，打水，下蹲，洗一把脸。男主人，坐在树下，抽一口烟，闭目养神；女主人，进厨房，舀水，点火，把日子闷在锅里。

饭后，庭院安静。男女主人，互不说话，只把往事，往肚子里摁摁。其实，作为家的一份子，牛知道他们这些年的苦楚，他们从不说出来。

那一年，雨后的中原，似乎比别的年份更清凉一些。

“丁零零！”一辆绿色的自行车停在门口，送信的人从帆布包里取出一封信，扯开嗓子吼道：“老三，你家的信！”老三笑着打开，是儿子的通知书，一阵风，传开了，老三的儿子考上了省城的师范。

老三丝毫高兴不起来，学费倒是免费，可是别的费用呢？老三和媳妇商量着，要不把牛卖了。牛从老三的目光里，看到了杀机。但是牛沉住气，不吭声，只是卖力地劳动。一头好牛啊，仁义！老三心软了。

东家，两块；西家，三块。终于凑够了钱。儿子走了，一走就是三十年。如今，家里空了。

儿子也回来过几次，但是每次都和庄稼有隔阂，他忘记了青草的脾气和秉性，也记不起麦子尖锐的叫声，于是，他觉得这乡村，离他甚远。

城市的灯火，诱惑着人，人越走越多，乡村空了。一片荒凉与衰败，在村子里蔓延，一些房子坍塌了，草是主角。一头牛，老了。

一头牛，再也吃不动草了，只是喜欢在南边的坡地上，吃一些流失的往事。那些年，那个放牛的少年，不见了。如今，只剩一把牛的老骨头。

挖掘机来了，它带着现代化爆发的气息，在乡村的田园上作业，一下子赶走了蟋蟀，赶走了传统的旧农具。

乡村，还剩下什么？

麦子，也没人种了。路，被草覆盖着，有些荒芜了。只剩下一些野树，像旧版的照片。

乡愁，落在一头牛的眼睛里。

他的小主人，那个青年，曾在此地读书，读到了“乡”字，读到了《说文解字》，“两人对饮，共举酒器”。“愁”呢？是秋之心，或是心之秋，主人没念出来；但是秋来，叶落，一些人便开始趁着西风返乡。

返乡，饮酒。酒，一定是浊酒。对饮之人，一定是对劲的人。在乡下，人觉得“知音”一词太过于文雅，乡下汉子，一出口就是高粱味。

牛知道，大路上，时常有回来的人，他们住了一夜，又走了。乡村，还是那么空。

一头牛，再也看不懂人类了。

乡村，不美吗？

河水在村口流淌，白云天上飘荡。唯一不同的就是：人少了，只剩老人和孩子；贼多了，夜晚狗声频繁。

一头牛，开始怀念青年时代的犁，怀念那带齿的耙，只是，用不上了。

一头牛，带着乡愁，走向了屠宰场。

也许，一头牛，再也与农耕无关。

牛眼里，潜伏着，那些远去的背影。

老三的白发，多了。腰，已疼成乡愁的模样。乡愁到底啥模样，或许，是一瓢井水的温度，或许，是一堆柴火的颜色。

牛，走了，不知是牛忘记了人，还是人忘记了牛。村庄，空有虚名。

人，成了飞鸟，栖息在远方的树上。

剩下一些，仍在路上奔波。

第三辑

光阴的渡口

桃 花 书

在乡下，我喜欢一枝带有英雄主义情怀的桃花。

桃花，不偷懒，它比人醒得早。人还在熟睡，桃花就悄悄地开了。

如果投票表决，我愿意推选桃花为英雄，它率先打破了冬天沉默的格局。

冬风未减，桃花就孤独地走在前往春天的路上。晨起，一睁眼，一树桃花，晃晕了村庄。

在故乡，桃花居多。

在豫东平原，总有一棵桃树长在农家庭院的角落里。桃花辟邪，有桃花压阵，鬼神不惧。

古人，在文化里，常用桃木剑去驱赶晦气。这桃，在文化里待得太久了。

桃花，虽在凡间活得甚好，但总有文字不放过它。你看神话里，与桃有关的地方太多了。

王母娘娘的蟠桃园，是神话里的重点。神仙，靠这蟠桃延寿。

再说那夸父追日，虽渴死在路上，那手中的木杖，化作邓林。此邓林就是桃林，一地的桃树，是夸父留给我们唯一的遗言。

你看，在神话里，总有些人，揪着桃花不放。

桃花，与仙境有关。怪不得，古人描绘理想中的世界，总有桃花的影子。

陶翁笔下的《桃花源记》：“忽逢桃花林，夹岸数百步，芳草鲜美，落英缤纷。”桃花，开得美啊，花骨朵，团在一起；打开的，捧着一片红。

在我家，也有一棵桃树。

那是一棵野桃树。可能是秋天吃桃，把桃核随便扔在院子里，人没在意，但一场风，就改变了春天温度，一场雨，就打破了沉寂的格局。

它发芽，生机盎然地长着。

直到有一天，它开了花，结了果，才引起父母的重视。

春天，在这棵野桃花下，我读着古诗。读到崔护的“人面不知何处去，桃花依旧笑春风”，便被这凄凉唯美的爱情感动。在古代，一眼动情的绝笔之写，莫过于如此。

后来读明代，读到秦淮八艳。秦淮河，脂粉太多。

桃花扇，是一个女人的傲骨。

需要几滴血，开出桃花。不知为何，在明代的历史上，吸引我的故事并不多，总觉得这个朝代，太阴森，太扭曲。

我敬佩这几个女孩子，是她们，让人觉出晚明的可爱来。风骨，躲在扇子里；桃花，也在扇子里。

不说神话，说说童年吧。一个孩子，喜欢桃花。更馋那一嘴的毛桃。

故乡，种的多是那秋后仍未成熟的毛桃，把人等得心焦。

开学了，还不熟，我们只好眼巴巴地走了。我记得，那是开学后第二周，母亲来看我，一个布兜子里，是红皮的桃，吃一口，真好吃。

桃，一辈子都活在我的记忆里。因为，桃只是个引子，它背后，是一双干裂的手。

采摘，淘洗。然后步行五里土路，风尘，蒙头盖脸。腿，酸疼。

关于桃的故事，情节简单，也无神话，只有，母亲对孩子一如既往的疼爱。

后来，每次读到关于桃的文字，大脑便会在神话传说和古典爱情外，加上一些温情的场景。

母亲送桃的样子，是我这辈子生命中最深的沟壑，永远也迈不过去了。

一朵桃花，只会带来春天。

但是，一篮桃，不在春天，在秋天，熟在生命里。在故乡的桃花里，我是个归人，不是过客。

春花繁饰，春桃累累。

我多想，闻一闻，春桃的气息。

说到春桃，我想起许地山的小说《春桃》：苦难、宿命、超脱。

春桃，一妻二夫。

在乡村，也有这样的女人。祖母常对我讲乡村爱情，讲一些女人，换亲，一女二夫。

鲁迅说：“一部红楼梦，道学家看到了淫，经学家看到了易，才子佳人看到了缠绵，革命家看到了排满，流言家看到了宫闱秘事。”所以，读春桃，不应该看到下半身，应该看到爱与生活。

在电影里，刘晓庆和姜文都很年轻，演得让人舒服。

春桃，似乎离春甚远。

也似乎离春很近。

杏 花 书

母亲说："老家的杏花开了。"

这电话，恰到好处。而电话这头的我，正困在陕北的沉默里。这里，光秃秃的，一脸的土黄色，草木不醒，飞鸟不鸣。此时，需要一枝故园的杏花，解除乡愁。恰好在老家，有一些，也许是一枝，也许是满园。

其实，对乡愁，我们也理解不透。

古人的乡愁，有实指，某个地方，承载着一个文人一辈子的乡愁诗句；而我辈的乡愁，却是泛化的，已无寸瓦之地，来供养乡愁的草。

文字，怀念的无非是丢失的传统。那些传统，是蓝砖灰瓦，是节气里的庄稼，是一些贩卖春天的诗句。

多想躲在纸上，把玩陆游的格调，"小楼一夜听春雨，深巷明朝卖杏花"。春雨尚在，杏花的风俗，已看不见了。

在春天，故园的神庙里，那树杏花是否耀了眼？那些红布，应该满树了！

这棵树，本无事，突然某一天，不知什么风掠过平原，它居然成了神树，十里八村的妇女，带着虔诚而来。我守着神树，居然不知道它因何而红袍加身。

小时候，逞能的成分多一点，一群小伙伴，对着神树就是一泡尿，吓得大人赶紧跪下赔罪。

母亲说："快跪下，神树会让你头疼！"

不知道是心理作用，还是神发了怒，居然觉得头有点疼了。后来，想想，是自己吓自己罢了。

就这样，这一棵杏花，绑架了我的童年。在童年里，我时常面对杏花，读风，品雨。

后来，读到朱自清的美文《春》，便觉得他的文字一团锦绣，写草、花和雨时，用得修辞太多，便损伤了文字的安静。

虽然不喜欢那满眼的绿和一树的热闹，但我仍喜欢他文中引用南朝志南和尚的诗句："沾衣欲湿杏花雨，吹面不寒杨柳风。"多好的诗啊，温润的风，含羞的雨，人也是醉了。

我喜欢，在春天，不出现大片的春雨，而只有一枝怒放的红杏，这足够了！

在故乡，一棵红杏的下面，尚有分歧。

女孩，为了所谓的自由而出走。

父母，却苦苦地等待她的归来。

这套路老掉牙的故事，一直嘲笑着故园，也许，她退一步，家庭就盘活了。

三年以后，红杏仍怒放，心里的仇，再也不见了。女孩，抱着母亲，身后，是可爱的孩子。

那些年，一个人，在杏树上，偷偷地刻上："晓优，我爱你。"这憋在肚子里的话，只有杏树知晓。

多年以后，回乡看到当初幼稚的笔法，居然笑出声来。

这些，都不是故乡的主题。

我知道，在南方，此时，有一些诗句统治着春天。"梅子金黄杏子肥，麦花雪白菜花稀。"而在北国，我的故乡，麦黄杏已熟，填饱了孩子的嘴。

也许，此时，再也没人想起杏花。

但是我想，如果我能在宋朝，一定会闻到杏花的味道。

时下，油菜花海，占了上风。我故乡的杏花，似乎无人问津。

一些人，进山去看杏花。

我暗笑，只要我闭上眼，我就知道，故乡的杏花，开了多少。

也许，我东厢房窗下的杏花，已然团在一起，就等风吹。

绿了的芭蕉，是他人的事。而熟了的杏子，才是我的事。

一篮肥杏，是乡愁的终结。

好久不见故乡，甚是想念杏花。

如今，远走他地，离泥土越来越远，看一枝杏花，需进山。进山后，杏花是开了，却与我再无瓜葛。

在纸上，再也找不到，一片安放灵魂的地方。

梨花书

在故乡，梨树甚少。

我家的墙外，有一棵梨树，模样不俊，歪脖子的那种。每逢春，风吹花开，姗姗可爱。

小时候，我常爬上树，折枝掐花，也不管是否弄疼了它。一个小人儿的私欲，有些可怕。

老家的这棵梨花，美是美，只是少了些欣赏它的眼光。在故乡，实用主义霸占着乡村，人，对于梨花，品味不出妙处，多是视而不见。

这棵梨花，只有飞鸟和蜜蜂稀罕。飞鸟安巢，梨花丛是它的栖息地；蜜蜂采蜜，一片梨花上，抱团的蜂蝶，正嗡嗡地飞着。

我不知道，我家桌上的梨花蜂蜜，是否有这棵树的味道。

梨花，怕雨。

一场雨，梨花就落了一地。其实，不落的，带雨的梨花，更像个美人。我不禁想起一句诗：一枝梨花春带雨。这楚楚动人的梨花，是白居易送给杨玉环的。唐代的梨花，是这样的。

那么宋代呢？一树梨花压海棠，这张先和苏轼的玩笑，似乎有点过了头，开得有点大了。

春天里，李重元在《忆王孙》中写道："杜宇声声不忍闻，欲黄昏，雨打梨花深闭门。"布谷鸟，飞过柴门，这满树的梨花，深居乡下。只是雨，下得有些久了，人被关在门里。

其实，春天的梨花，也会一夜白头。

只是，我对此兴趣甚少。

秋到，梨枝被压弯，我和表弟整天在树下打梨的主意。

父亲不发话，我们绝不敢动梨。这规矩，还是有的。童年，面对梨花，也许最多的是下咽的口水。

梨熟，经父亲允许，我爬上树，汁顺着胸口淌下来，一嘴的甜。

至今我也不知道，墙外的梨树叫什么名字。只知道它结的梨子甜，人吃了比吃了冰糖还爽，又甚是解渴。

离开平原后，走南闯北，见的梨多了，也认识一些种类来，秋白梨、京白梨、雪花梨、鸭广梨、锦丰梨。这梨，吃得多了，便觉得寡味。

在锦州，我见识过一种梨，很独特，是梨中的贵族。

只一口，就喜欢上了。

当地人叫它南果梨。

这种梨，不大，小小的，皮黄，味浓。吃一口，满嘴酒味。

在中国，梨里带有酒味的，不多吧？所以南果梨，独占鳌头，像中举的状元，或者像中了绣球的驸马，春风得意。

《中国果树志》里，南果梨排名第一，被人称为"梨中皇后"。

这梨，是我吃过最难忘的。如果排除情感成分，我觉得它的味道，在故乡的白梨之上。

这南果梨，是友情之梨。

第一次吃它，是我室友捎来的。看到它的个头太小，便打心眼里瞧不起它，也就没有了胃口，心想，那么小，刨除核，能有多少水分？于是把它一放再放。

后来，无奈吃了，这一口，让我记住一辈子。

喜欢了，便关注多了。

西门外，大街小巷，卖南果梨的，很多。每次都提一兜，过了嘴瘾。

在锦州，有人馋它的烧烤，有人馋它的虾爬子，我独馋那亮色的南果梨。

毕业了，我远走西北。

在他地，一见梨树，我格外亲。看见一棵梨花，便想起一些旧事。

土墙，歪脖子梨树，是故乡的味道。南山，女儿河，一兜梨。

至今仍在记忆里，活着。

后来，那棵歪脖子梨树，老了。

中间枯干，只有一枝，尚有叶子，还是绿的，其他部分都死去了。

父亲用一把斧头，放倒了它。

而后，梨花烧饭的炊烟，有种梨花的香气，一直飘在我的文字里。

我对于梨花的认识，仅此而已。

一个人，心不大，常想念两个地方。

一个是开封，一个是锦州。

一株麦子的乡愁

在城市里，最有生活情趣的房子里，应该有一株麦子，我时常这样认为。

一个空白的画布，需要麦子的家族。凡·高最懂麦子的哲学，用一片金黄的麦地，去呈现这个世界的热烈。

春天过后，麦子困了，它们总是在春野，选择一种习惯的姿势，睡上一觉。醒来后才明白，已经到了麦黄时节，看到饱满的麦粒，发现自己怀孕了，是春风的孩子，还是春雨的孩子，它自己也说不清。

麦子的孩子，是弥漫的麦香。

一株成熟的麦子，总是拉着另一株未成熟的麦子，在田间奔跑。这奔跑，是我虚构的一种想象。

一株麦子，足以让远游的人致命。一些远离故乡之人，对着一株麦子，总会泪流满面。

荣格说："每一种原始意象中都有着关于人类精神和人类命运的一块碎片，都包含着我们祖先在历史中重复了无数的欢乐和悲哀的残余，并且总的说来始终遵循着同样的路线。"是的，一株麦子的背后，是辽阔的乡愁。

麦子是一种美学符号，是豫东平原上人类的图腾，一个人，可以清高，但是总会念着麦子的好。

从乡村出来的人，无论走到哪里，只要看到有麦子的地方，就会想起家园，想起一些鲜活的往事。

那年，刘二在清晨的风里，爬上土屋顶，贪婪地呼吸丰盈的麦香。他仿佛呼吸到一个女人身体内的芳香，是那么清幽与干净。

刘二，光着膀子，在麦田里，欢悦地舞蹈。一把镰刀，让他享受锋利的快感，割倒麦子，像割倒一片片贫困。

今年的麦子，拉到镇上卖掉，就筹够了买媳妇的钱。一个乡村的内部，总有一些被历史淘汰出局的人，譬如刘二。他一个人，这么多年就这么孤零零地活着。

一个夜里，天很黑，一个身影闪入他的屋子。只需要三亩地的麦子，他就能拥有一个温润的女人。

此后，刘二的麦地，总是最争气的。因为他有了梦想，他把自己活在麦地上。他对麦子，比对一个女人了解更多。

麦子是不辜负人的，只要你疼它们，它们就真心爱你，会给你生下一片金黄的孩子。一个勤快人，会顺着风，截获一地的回报。

麦收后，刘二家走进一个女人。

当然，在豫东平原上，也会出现一些懒人，他们总会让荒芜吃掉。我记忆里的那个人，是我的本家，论辈分，我应该叫他五爷，但是五爷整天窝在家里，任地里的麦子被荒草覆盖。

同样的地，同样的种子，同样的风和阳光，五爷家的麦垛，总是村里最矮的那一个。他倒是知足，一个人，笑得很甜。

我知道，他心里的结，打得太紧。一条政治的枷锁，把他锁怕了。当初他家骡马成群，转眼间，就被一场政治的风，刮散了。于是，他不敢让自己活在人的前面，一个人，就这么活着。他在夜里对我说，每逢看到一地的草，他都觉得自己这辈子荒掉了，可每次拿起手里的锄头，他就会梦见死去的父亲对他摇头。

一株麦子，会等待懂他的人。而五爷不是那个人。他带着满地的荒芜，走进了坟墓。

我对那一段历史，始终保持缄默。

正如一株麦子，永远对镰刀保持缄默一样。麦子，会把孤独埋在心里。

我对麦子总是怀有一种友好。它不欺人，但是有时候会被风雨左右。“风调雨顺”是乡村最喜欢的字眼；一遇灾年，一块干瘪的麦田总是让乡村惊慌。

一个人，在麦田里，会遇见一种等待。像等待一个久远的记忆。只有在麦田的身体内，我才会知道我来自哪里，那里有一片炊烟，飘在我的头顶。

离开故乡草儿垛，已有三年。三年里，唯有父亲，站在一片麦子中间，像一个孤独的守望者。

如今，作客他乡，一片乡愁的云朵，正悄悄地潜入我的生活。

一株玉米的宿命

一粒种子，被扔进土地里，就不再属于它自己了。它属于风，属于雨，属于乡村的土地。

当然，一场风，或者一场雨，能改变一株玉米的走向。一株笔直的玉米，走惯了顺风路，没见过逆风的大世面。那些年，风总是在夏季的衣服里，挠痒痒。心情不好时，风就突然变了脸，一下子刮歪了一村的玉米。第二天，人像一条条鱼，跃入玉米田内，扶起这倒下的玉米。

玉米被扶起以后，下肢就瘫了，仅剩下上面的腰身，笔直地站立，笑看岁月。这些就够了，你看，玉米的穗缨，像人的胡子，一天天变得衰老。

当听见人笑醒的时候，就知道玉米长籽了。玉米地像一座幽深的迷宫，这个时候，如有外乡人，走进玉米深处，多半会分不清一个村庄的格局。

几棵并排的玉米，面临着不同的命运。有几棵长得嫩，长得饱，被乡下人放进篮子里，然后进城，拐进单位的单元房内。玉米是稀罕物，城里人的根，在玉米里找到了。另外一些玉米躲过人类的果腹，得以活命，看似长寿些，但是也躲不过寒秋的锛头。

母亲在院子里，做好了饭。老远就闻见了，是一锅玉米糊糊的味道。玉米，在等待黄昏下，那些扛锄头归来的人。我不想预测，一株玉米的宿命，正如一个人，不知道未来的命运一样。谁也不知道，一株玉米，会出现在谁家的锅里、谁家的碗里。

其实，在乡村，秋收的玉米，在院子里晒太阳，是乡村最喜欢的。院子里那棵苦楝树，青青的果实也变淡黄了。据说这果实有毒，牛羊吃不得，因此每当这时候，母亲便慌忙清理干净。这就是乡村里，一些看不见的细节，没人注意一棵树，只有乡下人关注。

卖出去的玉米，不会半夜回来敲门。所以，农人毫无歉意，他们心里暖暖的，盘算着日子怎么过，很少有人想起那些玉米，它们是否被人欺负，被人压榨。好像一株玉米的死亡，是那么正常。我想起一些人，面对死亡时的样子，其中包括自己。

在西安读书时，经历过汶川地震，那时西安城里也有很大的震感。我们面对威胁生命的危险，也表现不出气定神闲来，一个个惊恐得像只刺猬。很多人，穿着内裤，赤脚跑了出来；而对面的女公寓楼下，女人也只围着床单。我知道，在死亡面前，没有人发出嘲笑或生出淫心，只有对失去生命的惊恐。

想到这，我觉得玉米比人平静，它们出现在张家或李家的猪槽里，被猪哼唧唧地拱着，也不喊疼。

我记得一个深夜，父亲拉着我去磨面。把玉米扔进机器里，它的骨头，发出清香般的气息。我站在那里，感觉到了疼，但是没说。

一个人，时常在玉米地，蹚过岁月的河，看玉米锯齿般的叶脉，将脸上刮出一道道红印子。也许，这样的疼，才能记在心里。那时我最大的愿望，就是逃离土地，远离玉米的锯齿。

但当我脱离土地时，我没有一丝喜悦，相反有些忧心忡忡，我害怕自己再也看不出一株玉米的从前。

也许在院子里，那些悬挂在墙上的钉子，仍能记住玉米的温度。我心里的钉子，也钉在墙上，上面挂满一村的清晨或黄昏。

在乡村的院落里，一串金黄的玉米，像姑娘的辫子，在南墙上挂着，这是乡村典型的美学。正如墙上挂满红辣椒一样，也是乡村的范式。

一株玉米的宿命，多半会被生活改变。三哥拉一车玉米，去了镇上，回来还是原封不动。

一些人，看见后就知道，这玉米行情不好。

曹五对三哥说："晚上整两盅！"

"嗯，行嘞！"

乡村的酒，会安慰人，从不在人心里撒盐。"玉米"是一个伤心词，没人提起，人只喝酒。乡村的价格，在乡村汉子的酒杯里，或升或降。

种玉米，似乎成了村里人唯一的嗜好，就像城里人养花一样，会上瘾的。村里人，每家都圈养一地的玉米，在风里哗哗直响。

我走到村头，时常产生错觉。我怎么就误入到玉米的宿命里。其实，是我的错觉。故乡，是我的一部人生字典；"玉米"是字典里最好的一个词。

在草木之间

一个人，在城市累了，不如找个时间，去乡下看看草木。在草木之间，总会发现一片辽阔之地，安慰厌倦应付人事之心。此刻，不必建造一座神塔，去安放人性，你只需要，在崖边对视一株白发的苇草，看万物的另一种场域。

陕北的树，比故乡的树有古朴气。故乡的树多半会夭折，它们躲不过一把锋利的锯齿，而陕北的树占据崖边险处，让人望而兴叹。我喜欢庄子的思考："大而无用，乃是大用。"这些树在天地间，固守一些常道。

一棵树，是静止的，在崖边静止，在地头静止，在村庄里静止。它永远一副深不可测的姿态，让人觉得它深藏故事。但是，我能感受到一棵树的情绪。树本身虽是静止的，一年又一年地沉默，但一棵树的情绪是跃动的。或许，它们面对春华秋实、叶落归根的转换时，也会像人一样，或喜或悲。一棵树的影子，会随着时光变厚或变薄，像经春后的暖或经冬后的凉。

与人为伴，总觉得有些累。与草木为伴，是如此澄明，它不欺人，永远在土地上等你。

村庄的西头，是一条河流，河流的两岸长满青草，像故乡人口中的草民一样，只在自己的领地上活着。一条河流，除了供给一个村庄的水骨，还让村庄有一片草地，这里有牛羊吃草，有人的离合。

一片草，活着活着就老了。草在年轻时，还有人惦记，可是老了之后，再也没有人光顾，只有等到秋风过后，才有孩子焦急忙慌地去储存入冬的草。一个村庄，要靠一个个草垛打破人与动物的界限，动物卧在草棚之内，等待一双干裂的手，添草加料。

河流，会冲洗掉一个村庄记忆。我时常在河流边闻见草香味。有时候，一个人在河流边，看河流冲洗的影像，河岸总是包含一年的运气。某一个地方，有一个深坑，坑里一丛繁茂的草，准会预知水的命运。

一个民族，不能庸俗地活着，我们要有些信仰才好。道教在中国，遍地开花，但是迷信的成分多些，拔高的境界少些。西方有圣经，我们有“草经”。你看这遍地草，在低头默念着最清高的教义。谁能听懂草经，谁就是乡村的哲学家。当然，城市是没有这样的待遇的，它们虽有草坪，但草是被圈养的，早已没了草的风骨。

在故乡，草是绿色的被子，它们覆盖着大地，以此御寒。有草覆盖的土地，都是有爹妈疼的孩子。我看了一些草，爬行在墙上，爬行在坟上，更有甚者，是一株草长在屋顶。一个村庄的历史，其实就是一部草书，只是人成了草的御用文人，替它提笔书写。

人在草木之间，抱守着乡村的一些活法。我记得，乡间草木最多的地方，莫过于道路的两边。中间的黄泥路被鞋子、车子磨得光秃秃的，唯有路的两边，草木深深。我喜欢这样的图景：庄稼中间，是一条土黄的路。我对于“繁茂”一词的理解，得益于乡村土路边的青草。也许，骨子里对草，有一种偏见，总觉得草影响了庄稼，拼了命地去铲除它们。

有时候，院子里也会长出青草，不出院子就能闻见草香。窗户上，是废弃的篮子，里面铺些干草，就是母鸡的窝。墙根下长着一丛青草，我认得那是牛筋草，一种平常却坚韧的草。每天，在院子里晒太阳，母鸡下蛋后，对着天空啼叫，下面的草，在认真地听着乡村的对话：“老头子，母鸡下蛋了，快收拾了，省得让黄鼠狼糟蹋了！”男人迷瞪着眼走出房子。

在乡下，青草是人的亲戚，只有它们围着祖先的坟墓，不离不弃。我们只是在清明这天，忽然想起坟里的人，然后一下子就将青草铲尽，剩下光秃秃的荒坟，格外刺眼。几天后，绿荫又开始从土地里钻出，和远处的庄稼打成一片。青草有情，只钟爱泥土。

在草木之间，我总是有太多荒诞的念想，总觉得草和亲人有很多种说不清道不明的联系。夜里的草香、寂寞的陶罐，都会咬住光阴，不放手。

我喜欢草木，在翠绿与枯黄之间，用影子摆渡生命的河。

草木，将生的希望，洒遍故土。

暮春散帖

东风过中原，吹醒草木。

冬天的灰袍被风撕碎，豫东平原的身子，被一阵风吹净，被一场雨洗尽，沐浴，更衣，绿袍加身。

春至，村庄沸腾了。一场吃的盛宴，即将拉开帷幕。

在故乡，人们总是念念不忘“暮春三芽”：榆钱、槐花和香椿。除此之外，我还喜欢园中那一畦春韭，清高，孤傲。

榆钱花

中原，苦难多。活着的人，谁都欠榆树一些恩情。祖母常说，那些年，一开春，人就饿红了眼。青黄不接的关口，活命是村庄的共识。榆钱，吃了；榆皮，吃了。如今，看见榆钱，人们都不好意思，他们内心的贼，榆钱知道。那些年，榆树白森森的骨头，是刻在人脸上的配印。

那时候，没有人愿意安静地坐下来，去读“水绕陂田竹绕篱，榆钱落尽槿花稀。夕阳牛背无人卧，带得寒鸦两两归”的酸话。乡人爬上树，一把一把地往嘴里塞着榆钱。吃相自然不好看，但人能活着就好。

把多余的榆钱带回家，女人可以做榆钱窝窝。人见了这些救急的榆钱窝窝，比见了亲娘老子都亲。

在平原，只有榆钱有余钱，其他树都是穷光蛋。四川有交子，故乡有绿色的铜钱，风刮过，一树的响声。

故乡的榆钱是豪门大户。它是善人，把绿币送给人间。一村的榆钱风情，飘在炊烟里。

槐花

槐花，是散养的花。

它比家花好养活，也比家花野，春风过，一树的繁茂。中原的槐树多，门前都是这种树，你看，“薄暮宅门前，槐花深一寸”，这白色的花，开得正旺。

槐花开了，它的香，淡淡的。顺着风，先是村西的人闻到。

这花是那种白色的小花，一簇一簇，它安静地开，安静地落。起先是那种奶黄色，团在一起，后来完全打开时，就成了雪白的世界。

一个人，躲在槐树下，读着白居易的“凉风木槿篱，暮雨槐花枝”。雨中的槐花，多半落了一地。

其实，槐花开，赶蜂的人也来了。

这赶蜂人，有些不太规矩，他的蜂采完故乡的槐花，他就赶着蜂走了。不久，村里人看出端倪来，村西头的一个姑娘，肚子凸了起来。

她的命运，像这槐花，短暂地开，短暂地落，最后死在一口井里。

棘槐，说的不是小老百姓，乃是三公贵族。这槐树，木木的，谁能想到，还在历史的文字里如此风光过。

香椿芽

燕子盘巢，香椿吐香。

香椿的芽，是那种红的。它在一片绿叶中如此耀眼。

这香椿，头茬挑进城里，一个人，放不开，不敢走正街，总是沿着小巷叫卖，不到半天，居然卖完了。第二茬的香椿，停留在舌尖上，热水过后，放上些许调料，一盘绿绿的香椿芽菜上桌了。

吃不完，给亲戚送去一些。在乡村，香椿外交是行得通的。不走动的亲戚，年久淡忘，一把香椿芽，又解开了绑下的死结。

剩下的香椿芽，才是自己的。切丝，腌制，放在罐头瓶子里。麦子黄时，是要出死力，这诱人的香椿芽腌菜，便满足了人的味蕾。

在故乡，香椿树，一家有，一村都有了。这香椿的果实，一见风，便跑出了主人的院子，落在毗邻的院子里。就这样，香椿一家家占领，最后，村庄满是它的身影。

第二年，春风一起，村人惊喜于一棵香椿芽。有香椿芽，便有一春的乐事。也有人，闻不惯香椿的味道。香椿是树中有风骨的树，像苏轼，像傅山，不会取悦人。

只是这香椿的心境，平和一点。它和荆芥不同。荆芥在东京待过，那时，春天至，一盘荆芥，让外来者开了眼界。“吃过大盘荆芥”（开封的说法），这话，是说给外人听的。荆芥的心态，被金国的铁蹄踏破。它破落了，其心境一定是中年人的苍凉。而香椿的心境，多半是少年的单纯。

韭菜

早韭晚菘。

其实，在故乡，庭院里最多的，是一畦春韭。这韭菜，遍身是宝。你看诗经里说“四之日其蚤，献羔祭韭”，说的是韭菜。你看，它是如此古老。《四月令》里说“七月韭菁”。七月的韭菜，多半不能吃了，“六月臭韭沟”，何况七月呢。七月，韭花正盛。

吃韭菜，要在春天，韭鲜，叶嫩。唐代的杜甫，也嗜好春韭，曾有诗云：“夜雨剪春韭，新炊间黄粱。”夜雨里，老杜穿一身蓑衣，手里握紧一把春韭，清洗，切段，用木柴烧火炒制。

这韭菜香。一直以来，我就固执地认为，木柴烧的菜，比天然气烧的菜好吃一些。

老杜剪春韭的诗，是老杜的诗里不可多见的温暖之作。

古人，多惊人之举。王弘白衣送酒，陶潜便高兴了，喝酒吃菊。朋友送韭花，杨凝式高兴了，喝酒吃韭花，过瘾。饭足，磨砚，提笔，一挥而就，《韭花贴》里，满是草木香。

韭黄，是不见光的韭菜，正如不见光的女人一样，健康欠佳。这韭黄，苏轼喜欢，他写道“渐觉东风料峭寒，青蒿黄韭试春盘”，这北宋的美食专家，除了研究东坡肘子、荠菜粥外，还研究春韭的吃法。

郑板桥，显得农家生活经验足一些，“春韭满园随意剪，腊醅半瓮邀人酌”。郑板桥，除了爱竹，还爱韭，一池的韭菜，邀三五好友，有菜有酒，是否醉酒，不得而知。

说完了文人，也说说女人对韭菜的见识。母亲，在乡村劳碌半世，总是对乡村的韭菜颇多赞词，说它有君子之风。一茬，又一茬，内心干净、大气，吃土，吐绿。

在故乡，韭菜园子是妇女的集结地，她们用镰刀割韭，谈吃，谈生活，正如韭菜的宫苑，是诗人的集结地一样。它在历代的更替中，文雅地活着。

野草，村庄绝笔

那些年，一到春天，草就漫过了村庄，人活在蓬勃的野草里，人和草，和睦相处。可是，近些年，空气里弥漫着除草剂的味道，野草不见了。一团春风过，原野寂静。

野草死了，故乡还活着，并且是没心没肺地活着。不悲野草，不悲野花。

人们，面对这土地，如此陌生，如此冷漠。那些在我心里种下的草，再也长不出来了。

也许多年以后，我的孩子问我童年的野草，我早已答不上来，再也不能和他们一起分享这草木的经书，是时候用文字来表达了，去给这些比人类更早定居的草，立碑、写传吧！

一　与村庄有关的草

说起故乡的草，我就觉得有趣。

你听那些名字，多像村里的长辈啊。麦家公，是不是像村西头临河而居的二大爷？麦家公，长得和面条菜有点相似，但是身子骨还行，盘在一起，很健硕。只是吃起来，味道不甚理想，于是被村人所屏蔽。听爷爷说，在饥荒岁月，这麦家公也能吃，那时，这草是救命恩人，只是如今，它被人冷落了。

马唐，总觉得它不像一种草，倒像一个人的名字。春天来了，这个人在田野里叫马唐，那个人也叫马唐。叫着叫着，马唐就成了乡村的名草。有时觉得这名字还挺文雅的，不是太俗。上了年纪的人，不乐意叫它马唐，喜欢叫它蟋蟀草。这名字我喜欢，你想，马唐趟过春，趟过夏，肯定已经茂密如丛了，那深秋的蟋蟀，在草下蜗居，贫而快乐，很像那个“一箪食，一瓢饮，在陋巷，人不堪其忧，回也不改其乐”的颜回。

看到草，莫名地想起“可怜”一词。我觉得在故乡，最可怜的草应该是豚草，这种草，人多会躲避，它能引起过敏性哮喘和皮炎。它，注定和人交不成朋友，命运可想而知。斩草除根，是人对它的一贯立场。

在故乡，最常见的野草是小蓬草。这草像个美人，腰身笔直，叶密密的，枝叶也不臃肿，一种气质在草木间弥漫。它在平原上，品读人性；它文雅简单；它安静地长着，从不横生枝叶。

还有一种草，不得不说，故乡叫它疙巴草，细细的，颈很瘦弱，但是却很有韧性。它趴在土地上，枝上生须，钻进土里，起初看似不起眼，不几天，这里就会青翠一片。人们喜欢把这草缠绕在一起，用它捆住割下的草。牛羊的草，多半靠它托运回来。其实，这草的韧性，远远比不上牛筋草。在故乡，牛筋草是草中之王。它叶茎结实，根系发达，一个人想要从地里拔出，多半会用上吃奶的力气，所以这种草在故乡，一般没人愿意动它，如果不影响庄稼生长，人们多半睁只眼，闭只眼。

除了草，还有花。在故乡，我喜爱的野花是一种淡淡的，像喇叭似的花，我们叫它打碗花。它的花多是白色和淡红色。可是，一旦它和牵牛花长在一起，我就分辨不出了。记得郁达夫在《故都的秋》里，给牵牛花分了境界，但是故乡的打碗花，似乎热闹一些。与郁先生的清相距甚远。但这花，正符合我的文字：野而繁茂。

二　与中药有关的草

在故乡，有些草是不祥的。譬如猫猫眼，它学名叫泽漆，就像一个人有大小名一样。它蜗居在土地上，这种草，叶子不大，但毒性不小。在平原上，这种草是孤独的。它的邻居都是人类的宠臣，而它却被打入冷宫。如果不小心用手摸了它，且用这手揉了眼睛，毫无疑问，第二天你就会出洋相，眼肿得让脸变了形状。尽管如此，我们还是会小心翼翼地去割它，把它堆在一起，拉进村里老中医的家里，去换一些油盐钱。

草，和中医关系甚大。中医里有很多草，都是故乡常见的。扁蓄，听名字，让我想起神医扁鹊。这种草，敢用神医的姓，是不是很牛？牛，要靠实力，它能利尿，能治疗黄疸。同样是利尿，还有一种草，叫车前子，也叫车前草。在故乡，车前子不受人待见，只有我村的中医喜欢。他说，这草里有故事，主角叫霍去病。我很感兴趣，催他讲下去。他说霍去病出征，人都渴得尿不出，可是马却没事，最后一看，马正吃前面的草，因此把这车前的草，叫车前子，一直叫到现在。

治病的草在故乡很多。譬如婆婆纳，叶子小，开蓝色的花，不大，一看就小家子气，但它补肾壮阳。怪不得小时候，常见我村的二狗用这草熬药喝。村里人见他，常常取笑，但是我不懂，在这里，我找到了笑他的根源。

地锦草，很漂亮，小叶，红颈，像个隐士，隐居草丛里，沉默不语，在土地上枯荣。但是，每年当我痢疾时，母亲就用这草给我熬药喝。草，很安静地长着，但是肚子里，却有大学问。腹有诗书气自华，它一出口，就是救命的箴言。

地黄，是一种善良的草，它像一个邻家女孩，文静漂亮。它的花如灯笼，模样或似倒悬的钟。红紫色的花，很漂亮。地黄，在故乡，享受着崇拜。如若治病，地黄需研磨成药，它比婆婆纳更受欢迎。

草与女人，似乎联系更紧密些。女人剜野菜，比男人更在行。但是，草不记她们的恶，仍用一腔慈悲回报。麦瓶草和王不留行，都是专治女性病的草，女人如果月经不调，就会想起这些草。麦瓶草，又叫净瓶，听名字好似传说中观世音的净水瓶，润泽万物。而王不留行，名字怪怪的，但是女人产后不下奶，急坏了家里人，一些上了岁数的老人便急忙跑到地里，剜些王不留行来，煎水，服下。

有一种草，叫曼陀罗，听名字，像印度的移民。这草叶大，果实刺球状，人不敢碰，扎手，长着长着，就炸裂了，仿若一个脾气火爆的男人，突然就发怒了。这草，和一个神医有关。此人是三国的华佗，他用曼陀罗提炼出麻沸散，从此，中国的外科医术也进步了许多。

三　与食用有关的草

在故乡，“吃”是一个崇高的词。

河南，是苦难之地，吃就是活命。在故乡，女人掌握着灶台的大权。她们喜欢剜野菜、吃野菜。也许，我自小出野里，不是一个五谷不分的人，但是野菜，我仍然难以辨别它们。

在故乡，有一种草叫灰灰菜，叶子泛白，可以入食，但是这种草，我一直把它和绿苋菜混为一谈。后来，才知道绿苋菜叶大，且肥厚，是上佳的野菜。还有一种野菜，和绿苋菜很相似，个头、形状，几乎无甚差异，只是它的叶子泛红，后来我才知道它叫凹头苋。这两种野菜，用热水焯后，放上盐、酱油，凉拌，味道很佳。

虽说都是苋类，但有一种草和它们不同，它不能吃，它叫铁苋，故乡叫它血布袋棵。如手被划伤，摘一片铁苋的叶子，揉揉，放在流血处，很快就止住了血。

在故乡，吃得最多的是马齿苋，这种野菜，虽然有些酸意，但是叶肥厚，吃着过瘾。它有九条命，是植物中的猫，晒不死，即使奄奄一息，只要见一滴雨水，马上复活。后来才知道，这野草与神仙有关，后羿射日，仅剩的一个太阳就躲在马齿苋下，它因救驾有功，封了功勋。

故乡有一种野菜，叫扫帚苗，身体庞大，是野草中的巨人。幼苗可食，锅蒸凉拌俱可。老了以后，也非无用之物，用铁丝扎捆，便是一把好扫帚，庭院无尘杂，多靠它。它的果实，叫地肤子，多好听的名字啊！一听名字就具有仙气，似乎和《西游记》里的镇元子是一个级别。

落葵，这名字好听。我喜欢吃它，故乡叫它木耳菜，叶厚且筋，炒菜很好吃。它果实紫色，和龙葵的果实相似，只是比龙葵的果实大一些。在豫东平原，要说龙葵，可能有人不懂是何方神圣，如果说甜蜜豆，多半有人流口水，那果实，怎一个甜字了得。

说起果实能吃的，还有一种草。你看，这土地上，隐藏着酸浆，它也叫灯笼草，默默无闻，像平头百姓。它果实淡黄，入口，是那种酸酸的感觉。在故乡，野果甚少，见到这酸浆，足以让人兴奋。

我喜欢苘麻，它的叶子阔大，母亲常用它包住酵头，放在南墙上晒着。它的果实，像一朵闭合的莲花，紧紧抱在一起。籽是白色的，可以吃，等到籽变成黑色，说明它已人老珠黄。

有一种很耀眼的草，和草莓一样，叶子、果实都很相似，故乡叫它蛇莓。它果实红彤彤的，多像一个烈焰红唇的女子，在百草之中诱惑着人。它是否能吃，我不知道，也不敢尝，据说能吃，有消肿解毒的功效。

在故乡，人们总是怕一些色彩鲜艳的东西，如蘑菇，颜色鲜艳，多半是有毒。对于蛇莓，没人敢学神农氏去尝尝它。

写到这，故乡顿时清晰起来。

仿若野草，在我的记忆里，就这样蓬勃地长着，野火烧不尽，春风吹又生。

风 物 记

桑葚：一条线索

与这个词，颇有缘分。

在乡村，桑葚甚多。每年的六月，桑葚就会红成一片。

那时，尚不知桑葚之名，只知道它好吃，酸甜可口，且不要花钱，满树都是，只需摘取即可。

记得小学时，在语文课堂上，学到鲁迅先生的《从百草园到三味书屋》，遇到“桑葚”一词，不甚理解。回家问祖父，何为桑葚，祖父笑了，一指院外那一片红，我也笑了。

这树，原来叫桑葚，我们一直馋它的果实，而不去关心其名字，内心感觉有些羞愧。后来在《诗经》里，见到偷嘴的斑鸠，落在桑葚树上。“偷嘴”一词，听起来不太文雅，但偷嘴的事物太多。在桑葚的面前，人尚且攀枝摘果，何况这些没经过教化的鸟呢?

在锦州，见过桑葚，一树星星点点的红，甚是可爱。也摘果实。

在那时，我爱好校园里的桑葚和山楂。

后来，远走陕北，定居洛川一隅，幸喜的是，有一棵桑葚树，长在校园一角。

这里少有人至，左边是废弃的楼，右边是坍塌的厕所，只有飞鸟偶尔到访，实则是惦记那一口美味。

有一次，与一同事说起这棵桑葚，他竟然不知，可见人皆匆匆，而无兴致去叩问一棵树。它有些冷清，往深一点说，是有些孤独。

一棵树，不招摇过市，也是好的。但是，一棵树，长在这里，无人问津，也是一种不幸。

我有些担忧它的命运了。它的邻居，前面是一棵毛桃，味道鲜美，我们曾用于果腹，后来由于无甚大用，被砍掉了；它的后面，是四株器宇轩昂的水杉树，由于物种稀少，一直是人心头的宝贝。

再说，学校要翻修这废弃的楼房，这棵桑葚树，多半是保不住了。

一棵树的命运，似乎不在自己的手里，这让我想起故乡一些往事。

那年，桑葚红了。

一个姑娘，挎个篮子，在我家门外，摘取桑葚。喜欢恶作剧的我一吹口哨，一条狗冲门而出，把她吓得扔了篮子，桑葚丢了一地。那时的我，自鸣得意，把一个姑娘的胆怯和一树桑葚绑在一起。

三天后，村西传来噩耗，这姑娘的奶奶走了。原来那天摘取的桑葚，是一个老人生前的最后一个愿望。我却让她遗憾离开。后来，我每次见她时，都红着脸，那种羞愧的颜色，多像一篮熟透的桑葚。再后来，她去了郑州，我去了陕北，再无交集。

从此，我对桑葚，很敏感。

我觉得桑葚是我一辈子迈不过去的坎，每次和它邂逅，我都会想起那姑娘和那条叫大黄的狗。

姑娘走了，大黄也没逃脱厄运，它的骨头，就埋在桑葚树下，只是它的皮，做成了爷爷的皮袄。

我与桑葚，虽渐行渐远。但是，命里总有一棵桑葚树，仍在我梦里活着，一树紫红。

枸桃树：见证童年

它能出现在我的文字里，也是机缘。

说来惭愧，我忘记那些树很久，在乡下，也很少有人知道它的名字。

昨天，翻看微信朋友圈，看到一朋友分享一种果实，一看，这果实是故友。这果实，顿时激活了我的世界。从朋友的文字里，我才知道，它叫枸桃子。

这树，我村没有，可是在我外公的村子里，有两棵。一棵在村东，细小柔弱；另一棵在村北的河旁，高大旺盛。可见，这树乃自然所生，一些种子顺风落下，便有了枸桃。

村东这棵树，长在外公家的麦田里，外公干活，我就在树下偷看它。

也许，一个人对于一棵树的认知，不是天生的，而是后天逐渐形成的。我眼中的枸桃，从青色的圆球开始，而后炸开，成了红色的果实，完成一次惊艳的转变。闲下来的时候，村里一些人，便会在树下休息，摆龙门阵，但他们很少讨论这树。我记得有一次说起这树，那是一个孕妇，说她夜里梦见了枸桃，让大伙给她解梦。外婆说这是生儿子的预兆。

在乡下，“生儿子”向来是大词。

即使到现在，宗族观念仍未从生活里完全消失，虽然淡化了一些，但人们对于传宗接代的偏见，仍很明显。

那时，总有一个“二狗”的名字，从村里人的嘴里蹦出来。

在他们的心里，二狗是可笑的，人们总是戏谑他说：“二狗，枸桃好吃吗？”

这些人，背着二狗说，这家伙把枸桃当饭吃，也不嫌丢人。当时我不懂，吃这果实有什么丢人的，后来才知道，这东西是一味中药。二狗有前列腺疾病的消息，多半是从村里郎中那里传出来的，那里是消息集结地，许多私人的秘密，都从哪里流出。

村北的那棵树，是孩子集会的地方。

河流清澈，水草丰茂。

那些年，黄河一到夏季，就会开闸放水。中原的河系，多半与黄河有关，一夜间，河流就满了，并且河里有鱼。许多人眼红了，一张网，要了许多鱼的命。

许多人，被热逼到河流里。他们把衣服扔在枸桃树下，一个人，顺着河流奔跑。有时候，也会追逐鲤鱼。

我是客人，不敢下水，怕外公骂我，只能在树下，看他们游泳，看树上红彤彤的枸桃果。

河流，也非总是清澈透明，有时候，河流是黑色的。那时人的意识里，还无城市排放污水的观念，不知道城市总是将它生产的剩余物排入这乡下。水虽黑，且微臭，但天太热，一些人仍跳下水避暑。

在乡下，也有我们担心的事情。

黑水里，总有一种寄生虫，我们叫蚂鳖，据说这虫吸人血。

夜晚，外公说在他们村，一个健硕的青年在河里洗澡，身体内钻进一只蚂鳖，最后血尽而亡。

我不知道这话语里，恐吓的成分多，还是真实的成分多。

我的玩伴，总是躲着大人，偷偷摸摸地下水，把大人的警告放在脑后。

我见识过一次蚂鳖，趴在二蛋的背上，同行的小伙伴用鞋底拼命扇打，据说唯有如此，才能把它从肉里赶出来。后来终于打掉了，我们一心的恐惧也消散了。从此之后，他们再也没下过水。

那么，不下水的我们就开始上树，在树上捉迷藏，总之，顽皮到了极点。

看见果实红了，便往嘴里塞。

那味道，很棒。

如今，我再也没有吃过枸桃，它离开我，已经有三十年之久，我不知道，是不是还有机缘吃一次。

一个人，念叨枸桃。

不知，在远方，是否有枸桃树，也像我念叨它一样，念叨着当初那个欣赏它的孩子。

无花果：我的忏悔录

这种树，在乡下颇多。

乡下人过日子，总是细微到了极致，一点地也不让它浪费。

果树、蔬菜，会在院子里占据半壁江山。果树，多由结果多少决定存活长短。

无花果、石榴、柿子树，是乡下最常见的三种树。石榴树，留给中秋节，饱满的石榴，会在这一天打开中秋之门。而柿子树则要更晚一点。

只有无花果，省略花期，过早地成熟，让缺衣少穿的乡下人，过早地享受着一种味觉盛宴。

我家有两棵无花果，距离甚远，一棵在窗下，结果很多，另一棵在厕所边，不见果。至今也搞不清楚什么原因，莫非是一雌一雄吗？

这两棵树，很是孤独。

想起无花果，我便想起了骡子。无花果和家畜中的骡子相似，都是奇怪之物。骡子，本身不繁殖，靠驴和马；这无花果，也是果中怪物，不开花，却硕果累累。

我不通树语，不知道无花果是否受树同仁的嘲笑。如果树和人一个德行，这无花果多半会受凌辱。我想，这可能是我的多虑，树肯定比人干净，比人厚道。

无花果，结果早，基本在六月，有些就熟透了。我喜欢吃无花果，甜甜的，许多细小的籽，在嘴里含着。

小时候，我就馋无花果。

记得有一次，我趁父母不在家，一个人偷吃它。下面枝条上的果，早就被我吃完了，我的眼睛，一次次被抬高，就站在凳子上，摘最高处的果实，一不小心，摔了下来。

腿，骨折了。父母本想狠狠揍我一顿，让我长点记性，可一看我的腿被石膏固定的样子，顿时只有心疼的份。

后来，这棵树不见了。

父亲砍它的时候，我没在家。父亲一肚子气没地方撒，抡起斧头，一阵风似的砍倒了它。母亲也赞同砍了它，本来养这棵树，是母亲的私心。

这私心里，有母亲对外公的孝顺。外公有痔疮，听说这无花果治痔疮，母亲才从别人家移栽过来。外公没吃上无花果，我竟然受伤了。

也许，我对无花果，也有一种恐惧，这恐惧是一个人内心的羞愧。

对一棵树的羞愧是，因我，它被斧头扼杀。对母亲的羞愧是，因我，她一片苦心付诸东流。

以后，每当我看见另一棵不结果的无花果，我便想起被砍倒那棵树来。

这无花果，成了我的一块心病。

去年，外公去世。

我每次去上坟，总觉得有一双眼睛盯着我。这是我内心深处的魔。

后来，母亲替我在外公的坟前移栽了一棵无花果，我才稍感安心。在故乡，有一座另类的坟茔，别人栽松柏，而它的旁边，是一棵枝繁叶茂的无花果。

每次返回故乡，总去看一看无花果又长高了多少。它一点点抽芽，一点点结果，又一点点凋零。

一棵无花果树，替我守坟。

每至新年，初三，上坟。也许，每年一次的上坟、烧纸，是一种习惯，一种为逝者默哀的习惯。

无花果，站在坟前，和青草聊天。

有时候，它站在坟前，替我和外公对话。

莲座上的乡村

在豫东平原上，草木如人。我乐意这样形容它们：心善、命硬、身苦。

为何这样形容它们，很多人不理解，是时候把隐藏在心里的那扇门打开了。中原的草木，能入药的居多，许多不起眼的草，到了中药房就摇身一变，成了贵人。药房里的老先生，一两两地称，实在小气得很。记得有一次祖父身体不适，让我去中药房，买一剂叫苍耳的中药，我金贵似的把它捧回家，打开一看，一团贼眉鼠眼的蒺藜狗子挤在一起。我大骂一声“狗东西蒺藜狗子！”我的骂声里包含着一种不满，费这些钱买来乡村无用之物。

以这样的故事切入，是想理清乡人对草木的偏见，草木的中药习性，在乡下，人往往视而不见。今天我所书写的是两种植物，都与莲座有关，其形、其心，都是善的。

一种叫苘麻，这是大名，好像一个人，有了出息做了官，口必曰文雅的大名。但是在这个人的故乡，人一定不会记住他的大名，能记住的肯定是这个人的小名。这植物，在豫东平原，人们叫它麻梭，小时候常笑曰：“吃麻梭，烂嘴角。”这“角”字，放在这里很是别扭，故乡的方言，只有故乡人懂。但是孩子不惧诅咒，仍是任性地吃。

这种植物，长得高大，算得上故乡草木里的大块头，叶圆心形，边缘上是细圆锯齿，两面均密布星状柔毛。开黄花，结的果实另类，密密地挤在一起，像一朵闭合的莲花。果实鲜嫩时，是白色的，吃在嘴里麻麻的，成熟后是褐色肾形。

天黑时，割草的人将草卷在一起，折一根苘麻，抽芯取皮，绑了草，扛在肩上，踏着夕阳的光、牛羊的叫声，散入乡村。这家伙，很牢固，到家解开时，颇为不易。

大人爱它的实在，孩子爱它的叶子。我们从河里摸出一条鱼，或者是逮了一只青蛙，用苘麻包了，然后在外面涂上泥巴，架一堆火，慢慢地烤。我知道，在江南有一种美食叫荷叶鸡，在中原的乡村里，有一种童年叫苘麻鱼或苘麻蛙，只是大多人不知其美味罢了。

它遍布中原，从不伤害人类，给人很多好处：孩子用它打陀螺，女人用它包酵子。只是人类还是嫌它碍事，一而再再而三地要除掉它。

小时候，地金贵，种麻的人很少，人们都拿苘麻做麻绳用。记得有一次，一个女人钻进了其他男人的被子里，这女人的丈夫便从田间地头找一粗壮的苘麻，编成鞭子，狠狠地抽在女人身上。这女人，怕了。苘麻充当了刑具，让它一辈子蒙羞，它慈善了一辈子，没想到做了一次恶人。

还有一种草，叫泽漆，也叫五朵云、五灯草、五风草。这种草的叶子，底座大，层层缩小，从上面一看，倒像一朵盘坐的莲。你听它的其他名字，也很文雅，很好听，似乎应该是大户人家的孩子。可是这草脾气大，它白色汁液一沾上人眼睛，就让人比钟馗还丑。因此从小父母就警告我们要避开它，似乎它是个恶魔。但是骨子里它心不坏，是一剂中药，能救人性命。

故乡叫它猫儿眼，说它如猫的眼睛，泛着黄色。这草顶着猫眼之名，实则并不惹人爱，与乡下人家的猫得到的待遇相差甚远。在乡下老鼠多，家里都有圈养的猫，一日三餐，倒也金贵，可是这泽漆，却是无人问津。

后来，夜静读书，有一次读《瀛洲竹枝词》一书，读到“致嘱先生放学生，今朝请吃莳秧羹。关坛宿酒猫儿眼，保甲同邀拔报呈”。诗中的猫儿眼是一种酒，酒泛着淡淡的黄色，像猫咪的眼珠颜色，十分可爱。此猫儿眼，非彼猫儿眼，从草木中药，到酒中上品，倒也是对它的一种尊重。可是在我的乡村，却难以喝上这美酒，我们只享受它草木肉身的救济。

在乡下，唯有这两种植物，外形似莲，内心仁慈。

马皮包的仁慈

万物皆有灵。

我一直这样认为，时常觉得雨后的世界应该是一个与神灵最接近的地方。特别是那些持续一两天的夏雨，总能让热气散去，让万物各得其所，树林一片安静，叶子也绿得逼人眼睛。

雨，替我们打开一扇门，门内隐蔽着一个神秘的世界。或者说，这里是菌类的大杂院：鸡腿蘑菇、口蘑、槐树蘑。它们，都在林间的杂草处隐蔽生长。这些，是乡人的最爱，雨后，总有很多双眼睛，去寻找这鲜美的食物。

但是，三奶奶却不同，她独坐雨后，一个人，出神地望着远方。她喜欢雨，她对于雨的兴奋，超出人对她的理解。我知道，她是喜欢雨后那片世界。那里，存放着一个人的信仰，是一个人安放灵魂的教堂。

三奶奶时常在雨后给我讲一种叫马皮包的东西。它学名叫马勃，是一种神奇的菌类，据说一个人看见它，必须假装看不见，如果走进它观看，它多半会慢慢死掉。我知道，这传说的背后，隐藏着乡下人的一种功利主义思维，它是中药，如果人走近它，多半会把它破坏掉，只好用一个传说去绑架人类，让它长大，最大化地发挥它的药用功能。在乡村，不糟蹋，便是大义，乡人都说马皮包可以吃，但是从来没见人吃过。

乡下人，皮糙肉厚，免不了磕磕碰碰的，今天劈柴，明天修理农具，一不小心，手破了，出了血，立刻就会想起马皮包来。马皮包成熟后，内部那黄色的粉末具有止血作用，在乡村，谁家有马皮包，就掌握着乡村话语的主动权。

一个人，用马皮包给别人施恩的时候，完全可以替自己拉干部选举的选票，但是三奶奶不这样，三奶奶只是喜欢和人聊聊圣经。

在平原的深处，只有三奶奶和马皮包有缘分，她总是能在树林间一眼就找到它们。乡人去她家借马皮包，她一脸和气，一面为你上药，一面为你说上一段圣经。也许，这是她缓解孤独的方式。

她的两个儿子都不在身边。一个去了省城，厌弃了泥土；另一个去了新疆，在那里安家落户，再也没回来过。三爷死得早，只剩下一个孤独的老人，她靠得住的，唯有一本厚重的圣经。据说三奶奶是大户人家的小姐，以前吃饭从不下楼，只是嫁到我村后，土改了，家道中落，也便散了傲气。

我喜欢“用行动祈祷比用言语更能使上帝了解你的所求”的说法。她用行动去传教，村里的基督教徒多半是在她的感召下归信的。她一辈子出言温和。其实，在乡下，传教是否有分量，不在圣经的内容上，而在这个人的威望上。她是村里第二个得圣经真谛的人。

第一个得圣经真谛的，是一个从陕西嫁来的女人。她满口圣经教义，但是她的儿子却是惯盗，他偷鸡摸狗的行为把她的基督教义给毁了，她的教义，在乡间显得轻飘飘的，更有许多女人围着她打趣说："你的教义能治你儿子的偷盗吗？"她沉默不语，但我看到她的脸分明红到了耳根。

三奶奶的圣经在马皮包里，她仁慈，她和善，她用马皮包把乡村盘活了，或者说，圣经就是心灵上的马皮包：止心痛，让人心安。

有时候我在想，这东西怎么叫马皮包呢？也许有一个与马有关的故事，但是被人遗忘了。

有时候，一个人无聊，便会乱想。

也许，在豫东平原，在北宋，一匹马，便是人的脚。荀子也言："君子性非异也，善假于物也。"这马驮着赶考人，奔袭千里，却疲惫伤了腿，家乡的这小东西给马止了血，人便随口给它一个"马皮包"的小名。

在故乡，一个东西神奇，大家就都想试试。这个伤了，一抹，好了，那个伤了，一涂，痊愈了，这名声就传开了。

有时候，我也想，在故乡，与马有关的草木甚多，譬如马齿苋、马泡。马齿苋，味道虽然酸些，但乡下人却把它当嫡长子，对它宠爱有加。马泡，是不入大人法眼的玩意，它是乡下孩子的最爱，那时的玩具，都藏在庄稼里：蚂蚱、蝗虫、马泡。有时，看到马泡，总是觉得这应该是一个与马的一泡尿有关联的故事，虽然没有理由，但是总会顺着这逻辑想着。

马泡终是玩物，玩物丧志，倒是这马皮包，一直在乡下立着。有时候，看见马皮包，便看到它蜕变成人形，变成了我的三奶奶。

三奶奶已不在了，唯有她的马皮包还在乡间的嘴上活着。

2016，豫东平原干旱，雨水不再光顾此地，树林里再也长不出马皮包了。而我梦里的马皮包仍在雨后长着，它安静，它低调。

在那里，有几个乡下的孩子，顺着人家的墙根和草木的腐败处，会欣喜地发现几株马皮包，雨后的炊烟里，仍是草木的味道。只是这空气里，弥漫着一股蘑菇的鲜味，还有一种马皮包的仁慈气息。

葫芦的脾气

常言说：冬吃萝卜夏吃姜，不用医生开药方。大寒大热之际，最易生病，吃倒成了一门学问。

中国人，多半是草木人生，草木与人，休戚相关，是吃打开了二者之间的一条通道。

春天的野菜品相都好，到了盛夏，便成了柴火。但入夏，葫芦长得正美，它延伸，顺着院墙攀爬，用须脚抓住墙面，白花绿叶，自有一种情趣。

它慢慢地长，它的生命长度就是一个葫芦成熟的时间的长度。夏末，葫芦成了。一个有生活经验的人用指甲一掐：鲜嫩。摘取，切片，淘洗，进锅。

这葫芦，是菜葫芦。

菜葫芦，成为平原的一种味觉，微苦，有肉。也许，许多好的蔬菜都与苦味有缘，例如苦瓜、苦菜。

在故乡，除了菜葫芦之外，还有一种宝葫芦，这是金刚葫芦娃的肉身，或者说这葫芦里有太上老君的仙丹，有林冲的水酒。

这宝葫芦，诱惑太多，它让一个孩子寝食难安，整天想着邻家那一墙的晃动，于是在一个黑夜里，我偷了一个宝葫芦。此后，我守护它，挂在南墙上，暴晒，去水分。而后，它便占据了一个乡下孩子的童年。忆往昔，只有一个枯黄的葫芦。

爷爷的酒器便是宝葫芦，这葫芦里，有时盛酒，有时存水，让人捉摸不定。有一次，我渴急了，跑到爷爷身边，夺下葫芦，就是一口，妈呀，真辣啊！一口酒，顺肠而入。爷爷不说话，只是呵呵地笑。

夜深，乡人小聚，几盘小菜，乡间俚语，爷爷举起宝葫芦，一仰头，咕咚咕咚几口，水酒就下了肚。酒后的爷爷，脸红，言多，如一个坦诚的孩子。

冬天，菜葫芦也干黄了。它成了落寞的物件，和丝瓜瓤一起，盘踞灶台。这时，菜葫芦也只能欣赏童年小伙伴——冬瓜了，看它在寒日里，与人为善，看它舍身成仁。大雪封门，人便在屋内，一炉火，一口锅，一个冬瓜，几两肉，在锅里炖着，咕嘟嘟，直冒泡。

这是童年最深的记忆。

门外，是乌鸦、麻雀在雪上觅食，一场雪，几只鸟，相得益彰。

冬天，是一个欠债的日子，人情债，粮食债，一应堆积起来。这家面没了，外面一场雪封了路，只好去邻居家借一瓢。那家醋没了，去邻家借一瓢水醋。来年还时，也是一瓢一瓢地还。一些大气之人，小瓢借，大瓢还，留下好名声；一些小气之人，大瓢借，小瓢还。一瓢之内，住一个村庄，只一瓢，便洞见人性。

瓢，越用越轻，越用越小。一个人，一辈子，只用一个瓢，临死时，瓢如碗口那么小，且薄如厚叶。这瓢，越用越硬，这到底让我想起一些往事来。从葫芦到瓢，是一种脾气，是一种风骨，像魏晋时代的，又像民国时代的。

也许，时代越宽容，人的骨头也硬些，时代越是苛刻，人的骨头也便软弱，魏晋除外，民国除外。有时，一个人胡想，这一个瓢是嵇康，那一个瓢是刘文典，皆为狂狷书生。

葫芦，入画。

乡村草木，也在宣纸上活了。一个葫芦，在篱笆上，是大俗，但是挤在纸上，便生动了起来。齐白石，画葫芦，据说是绝笔之作。

一个人，会抱着一种苦味，品味生活。热油，下葫芦，翻炒，只一口，便知故乡远了。这种苦，是葫芦的脾气，它不取悦人类。于是，因着苦，它能逃过一劫，以致万物零落时，有几只逍遥的葫芦，在乡村呈现出大雅。

《葫芦僧乱判葫芦案》一章，借用这种植物之名，却赋予它羞辱，一个葫芦，清白了一辈子，被本家曹雪芹几笔就涂黑了。这些，都是文字惹的祸。我知道，乡村的葫芦是安静的，正在墙头，曲肱而眠。

过敏的红薯

过敏，是我面对红薯时，所持有的一种态度。

其实，这个词出现已久，它很早就躲在我的心里。我怕它出现，怕它泄漏我以前卑微的生活，我死死地压抑着它。

“过敏”一词，带有太多的情感因素。如果抛弃这个词的本源，顺着词的所指，会发现，它指对回忆过敏，对胃疼过敏。这些情绪都缠裹在红薯的历史里。

一个人，躲在乡下，通过祖父的嘴，掏出一些旧事，把一个村子的格局逐渐打开。他总是对我说，那些年，人太苦了。粮食不够，就大面积地种植红薯，这作物，产量高，能救命。

每天煮一锅红薯，人吃得胃泛酸。刚开始不懂，认为红薯很好吃，就拼命地吃，用此充饥，吃多了便厌恶起来。还有父亲酸疼的胃，总是提供判它刑的证词，红薯的甜，实则是一把刀，正一刀刀，割掉胃的正常功效。

这里不种土豆，以红薯为主。多年以后，我出中原，进陕西，在食堂，每次遇到红薯，我都毫无食欲，总觉得它有父亲胃疼的影子，它把我们的贫困，钉在过去的十字架上。

薯粉，是豫东村庄的最爱。红薯收后，父亲便忙了，做了一院子粉条。

每天，早出。父亲一般不去集市，集市要收摊位费，父亲可怜那些钱。一块钱，在生活中，足以让家里充满一些幸福，譬如糖、盐。

你可以想象，一个人，骑一辆自行车，驮着粉条，一出口就是苦难的声音："粉条嘞！谁要粉条嘞！"也许，十里八村，都残留父亲的气息。一个老式农民，夹在卑微生活的裂缝里，在日暮里归来。

粉条，不仅承载一个家庭的经济，而且还承载着一条命运的河流。它静默，在日子里喂养一家人的温饱，年关的衣服、平日的口粮，都和它有关。

所以，我过敏的不仅是红薯，更是红薯背后的生活。

父母面对着红薯，总是脸红。听村人说，那时我家很穷，父亲每天需要早起外出要饭。那个时节，有余粮的家庭不多，父亲要了一上午，篮子里还是空空。父亲也说不准怎么走进外婆家的。母亲看到寒酸的父亲，便给他一篮子红薯干，这篮子红薯干让爷爷他们一家撑了半月之久。由于在别的家庭碰壁，父亲便隔三岔五地去母亲家乞讨，这脸皮近乎无耻了，但是母亲总是一脸春风。后来，父亲深感内疚，便主动去帮工，再后来，外婆相中了父亲的勤劳。

一纸婚约，便有了我们。

这红薯，是月老。

不只红薯干，红薯全身都是宝。村人先是吃它的茎叶，叶子做成窝窝，弄点辣子油，一顿能吃好几个。叶子下面的茎，放笼上蒸熟，然后凉拌，味道绝美，绿色健康。红薯，一层层地吃，叶、茎、红薯块，最后剩下的，便是感恩。

后来，日子好了，也依旧种红薯。

红薯吃不完，便挖窖储藏。

那时的红薯窖有圆形窖和方形窖两种。方形的，上面支几根木棍，铺上些玉米秸秆。人都知道，那是禁区，可是牲畜不知道，一些羊跑在上面，一用力，就掉了进去，然后便没气了。人开始剖皮，支锅，炖肉。圆形的更可怕，由于长久封口，里面缺氧，但是一些农人不知道化学原理，每年春来，便打开口，让孩子去捞红薯，一去便成了诀别。

这红薯，窒息了很多往事。

我用“过敏”一词，实则是逃避一些东西：生的温情和死的寒心。

红薯里，有故事。

金贵的豆子

“金贵”一词，应拆开看：金指大豆的颜色，黄黄的；贵，是指它的地位，在故乡，豆子有贵族气质，人身上没有。

豆子，是乡村野心家，它时刻想着统治中原。麦收后，一地青绿的豆苗，在土地上羡人，风一吹，故乡就可爱起来。兔子，也羡啊，一口，就相中了它的味道。之后，人便发现豆田里豆苗光了，人便慌了，开始恨兔子。

女人，从家里拿出木棍、麦草，缠绕，支在豆地，然后给其穿一身旧衣服，就成了稻草人。起初，只是吓兔子，后来便成了艺术品，成了女人手艺的展示，一家的比一家的好看，这些稻草人成了女人的脸面。

秋收，豆子熟透了，噼噼啪啪地响起来。这个野心家，向往自由，终于在秋末的晚晴里，走出了围城。

一个人，弯腰；一双手，捡豆。颗粒归仓。

祖父在月圆时，蹲下，背靠着树，常给我讲一些风干的旧事。

黑孩，按照辈分，我该叫他三爷。他是草儿垛的怪人，一年四季不穿鞋子。其实爷爷知道，不是他不穿，是太穷了，穿不起。

他是村里的一个笑料。光脚走麦茬地，走豆茬地，都如平地般自如。他光脚去上学，是学校一道独特的风景。可是让人意想不到的是，全镇就他一个考上了大学。再后来，就没人笑了，剩下满心的尊敬。这些，都是乡村最鲜活的记忆，或者说是最鲜活的素材。每当有孩子不好好学习，三爷的光脚必然会切入一个孩子的耳膜。

秋收后，土地干净了。

许多老鼠洞也便进入眼底。人挖开它们的洞府，发现一堆金灿灿的豆子，脸上顿时愉悦。在饥饿中，人和老鼠抢食，是一种悲哀、一种可怜。

分家时，一袋豆子，老大老二各一半。但是父母偏心小儿子，多给了一瓢，然后生活中便埋下了争吵的伏笔，以后很多鸡毛蒜皮的小事，都能回到分豆子这个根上。这就是乡村，一个鼠目寸光的乡村，一个生活零零碎碎的乡村。

夜晚，风吹着，月光朗照。

二爷会想起往事。和邻家的旧伤便会通过他不急不缓的语气进入我的文字。那夜，天很黑。半夜三更，二爷起来上茅房，仿佛看见一个黑影一闪而过。他揉揉眼睛，以为在做梦，但果然有一个人，扛着什么，正离去。二爷大叫一声，就撵过去，突然听见扑通一声，便安静了。二爷走近一看，是邻居，已经没气了。为了偷二爷家一袋粮食，他就这样送了命。

二爷把他送回家。

在乡村，死亡是个大事。

死亡是一条线索。它代表一种温情，人死，仇人也好，有小过节也好，只要买一张纸，来到灵前烧一下，一切都消散了。

在乡村，死亡凝聚人心。这个打墓，那个报丧，都有任务。一村人，紧紧抱在一起，要撑起这个面子。但是，这个事太突然了，邻居家还有几个孩子，需要喂养。他一走，家就算散了一半。二爷忏悔，早知道是他，就不追了。

后来，这家的孩子总是找二爷的茬，二爷多半一笑而过。我知道，这怨恨的背后是饥饿的胃。故事背后的重心是如何活着。

后来，豆田少了。

似乎人也不在乎它了，但是母亲在乎，母亲仍习惯吃豆面面条。我不太喜欢粗粮。每次做饭时，母亲煮面，我烧火。在所有的庄稼秸秆里，我最喜欢大豆的秸秆，它燃烧时发出噼噼啪啪的炸裂声，很是过瘾。

这到底让我想起本家，一个叫曹植的文人，它的七步诗里，有火苗，有豆秸的炸裂声，像一种很好的组合。

我喜欢这些元素。是它们让豆子挺起了腰杆。

主贵的芝麻

“主贵”一词是豫东方言。它和生活严丝合缝，绝无刻意之处。

我不知道这个词和基督教有无关系。在故乡，我们把基督教叫“主”。可是，“主贵”一词早在基督教传入前，祖辈就在说着。

芝麻，产量低。常言说，物以稀为贵，这句话让我想起鲁迅先生描写仙台的白菜。故乡的芝麻，绝非一般人能随意食用的。

我喜欢祖辈时代的芝麻。

那个时候，芝麻主贵。扛一袋芝麻，可以敲开很多地方的门，譬如医院的床位、孩子的户口。

我还记得，在我们村，有一个叫三怪的家伙，是个包工头，用一袋芝麻拿下一项工程，从此，再也没有回来过。据说，从那以后他便发了家。

一个人进了城，便抹去了乡村的身份。但是在城市里，他还是根深蒂固地不适应。城里人讨论的是歌舞厅、电影院，三怪也去过几次电影院，感觉压抑，远没在乡下看露天电影好。在乡村，电影一放，一个村庄便沸腾了。他也去过歌舞厅，更不喜欢，太闹腾。

一个人虽说进了城，但是骨子里的一些东西在分裂。他需要交流的，不是城市的灯火、高楼。他喜欢和乡下的亲戚打电话，在电话里，他喜欢聊一些庄稼，聊它们的长势，聊风雨，最后聊风雨背后的故事，如前年的大风、大前年的冰雹，以及这些背后所隐藏的苦难。

我所说的这些，已是八十年代的事情，我说的三怪的困惑是一个群体的心理。他们进城的困惑，也是多年以后，我的困惑。

那些年，芝麻是乡村的状元。它总能和细粮麦子放在一起。

那时，门是简易的木门。其实，门只是个摆设，它只挡好人，不挡坏人。这门，太容易开了，防不住贼。别说贼，就是羊也挡不住。父亲下地干活，羊拱开门，跑了进来，把麦子吃了好多，又在井上饮了一肚子水，最后撑死了。父亲回来后，一看火冒三丈，但是羊死了，可惜了一只肥羊，可怜了那么多麦子。后来一想，它旁边的芝麻还在，又忽然笑了。

我知道，这芝麻有大用处。一年的小磨香油就靠它了。

羊死了，人便剖了羊皮，这让我想起《红高粱》来，里面有一个残忍的细节，剖罗汉的人皮，一刀一刀，人疯了。

但是，在乡下，人忍住良心的谴责，这一锅肉，可以解半村的馋。煮好后，父亲把肉分好，好的肉给长辈送去，差点的，给邻居，全村都沉浸在肉的味道里。

每次芝麻花开，我都会在电话里让母亲摘些芝麻叶，过水，晒干。每次回家，第一顿多半是芝麻叶面条，一锅的黑。这让我想起包拯，虽黑，但是他公正，他心干净。芝麻叶也是，虽然脸黑，但是你一口就吃出了乡村干净的味道。

崇尚色香味的今人，便想不到芝麻叶的好，它丑陋。我认为丑陋至极，便是绝美。我在对芝麻叶的记忆里，出不来。

我吃着芝麻叶，想着远古往事。

那年，月明星稀，父亲照旧喜欢去田里转转。忽然，传来咔嚓的声音，一声一声，割在心上。听方向，是我家的芝麻田。一个人正在我家的地里，偷割芝麻，这一声声像扎在父亲心里的针。父亲想都没想，用粪叉向那人掷去，只听见哎呀一声，那人仰面倒下，后来脸上便有了伤疤。人虽不说，村人心知肚明，这伤疤像武松、宋江的刺佩，很显眼。

后来，在一些语言里，我遇见了芝麻，譬如：芝麻开花节节高。

再后来，许多人记住了它。《芝麻开门》，一个节目让一种植物在人心里开花，结果。

在城市里，我唯一的自信便是一头乌发，当人问我秘诀时，我便想起了芝麻。

平民花生

在乡村，一盏灯、一壶酒、几个菜，乡村就鲜活起来。

菜，一定是油炸花生米、腊八蒜。它们虽寒酸，但是和人心最近。在红白事的宴席上，花生米便被剔除了，人们嫌它寒酸。招呼人，要的是脸面，花生米，属于平民。

在老家，我们不叫它花生，花生太文雅、太正式了。我们叫它“落生”。很多人歧视河南人，顺便也歧视河南方言，但是懂得“落生”的人，一辈子一定和河南缠绕至死。他的内心，一定还恋着中原。

小时候，去镇上，总是战战兢兢，怕那谣传的鬼事。事情说起来也很简单，那时候，生活单一，娱乐方式也只有夜间的电视和白天的戏台而已。

镇上有戏园子，每周有一场戏。光盘，是村里一个老人的名字。他喜欢戏，上了瘾，每周都去，回来时，孙子闹着要吃的。刚开始他还捎一些，时间久了，便撑不住了，就编了一个故事：半路上，遇到一个半截缸撵自己，他认为是个鬼，就拼命跑，到家时，一篮子花生全跑丢了。

这种骗，是一种高明的骗术。在乡下，事情一旦和鬼神联系起来，便有着意想不到的可信度。后来在镇上读初中，玉米长高时，乡间一条路满是荒草，我便害怕起来，想起了鬼缸。

我这样战战兢兢走了三年。现在回想当初的往事，便哑然失笑。

花生很低，它不挡人视线，和玉米不同，玉米太高了，让人看不透。

花生田，纯洁。许多相爱的人只能默默注视着这田地。

玉米田，隐蔽。许多人钻进去，便不见了。后来便有了谣言，一个大肚子的女孩就是在玉米田里失了身。所以，玉米田有一种野是人看不到的。

花生丰收了，一些人在门前摘花生，拉呱。对门的大娘是个基督徒，那时的我不知天高地厚，总喜欢和她辩驳。

这些太深奥了，不是平民的模样。平民的模样，应该是花生糕。它是我城里工作的亲戚带来的，只一口，便喜欢上了它。我对开封的感情从一包花生糕开始。吃了花生糕，便想起花生田。

花生田里，除了干净，还有一些和它有关的恶，这不是它能左右的。

一种是偷。

那些年，我村总有一个人，跑到几里开外的花生田里，偷花生。乡村没有法律，人多半睁一只眼闭一只眼。这默许，等于助长。我想，他家的困难解除了，可是那一片被糟蹋的花生田上，一定有另一片哭声和诅咒。

另一种是恶。

我记得是一年中秋节，我回家看见母亲在哭，一问，父亲被警察带走了。问题的源头是我村发生了投毒案，一家四口，只一人幸存。警察来了，一家家排查。可恨的是，这些警察以排查为名，给自己捞外快。赌博的，抓走，钱到人放；偷东西的，带走。

父亲的罪名，似乎与偷有关。

那天，已经晚上九点，一只羊在我家院子前面叫个不停，父亲一看，不是周围邻居的羊，不知道怎样办才好。这么晚，它主人还没来，父亲便笑他的粗心。父亲想，时间太晚了，先牵回家吧，明天去大队广播上吆喝一下。第二天清晨，主人来了，我父亲便把羊归还了。可是这件事情成了一个伏笔。

警察来了，面对投毒案件束手无策，就从赌博开始，让他们一个个供别人的恶。父亲就是这样被羊主人供出来的，他说我父亲偷他家的羊。父亲觉得冤枉，不承认，他们也知道父亲没错，也不敢用刑，就这样一直关着。

地里的花生熟透了，该收拾了，正是用人之际，耽误不得。母亲托人交了钱，父亲出来了，一脸的胡子，似乎一下子老了许多。想起花生，想起八月，心里便疙疙瘩瘩的。

平民花生，与平民有关。与它有关的，不仅有善，还有人性的恶。它身上，有一道一些平民命运的河流。

草　木　记

杨树

其实，对于白杨，人多熟知。

小学时，就学过茅盾的《白杨礼赞》，如今，漂泊陕北，一睹西北白杨的姿态。说到白杨，我乐意把它比喻成百家姓中的李家或张家，是树中的大姓，从河南到陕北，沿岸所见，白杨居多，可见它是一种普通的树。

学校离城较远，它最大的优点是安静，它最大的缺点也是安静。

人，静下来，才好对身边发生的事，慢慢梳理。隐忍的日子、憋屈的灵魂，一一看透了，心才会做减法。

操场边，那一排白杨，根深叶茂，硕大的样子，把太阳遮住了。

它经风而长。

春天，它抽芽。先是细细的、尖尖的，呈褐色，然后展开，密密地遍布树枝。

后来，树叶便圆开了。嫩黄色消退，变成青绿色，一看就知道是经过风尘的树，已不见鲜嫩。

小家碧玉蜕变成村姑。

一窝鸟，是春天的写意。母鸟外出，只剩下鹅黄的嘴探出巢外，毛茸茸的脑袋，煞是可爱。

清晨，鸟被人吵醒。

树下多是读书的孩子，一声接一声地，把古诗里的经义，强塞给它们，像我们在课堂上，把这些强塞给孩子们一样。

远处，是“幸福生活一辈子”。这是我们学校的经典，每年的毕业照，孩子都要在此拍，留念。

一辈子，是短的。

一辈子，是长的。

秋季，先有秋天气息的，是白杨。它泛黄，落叶满地。

讲到林庚的《说木叶》时，无论如何渲染，学生都不得要领，于是一挥手，把学生赶进操场，每人捡一片黄叶，细细观看。

顺着落叶，我细细地说木叶。

树，秃秃的。

站在塬上，极目远眺，疏朗、空阔的意境，一下子闪进人心。

水杉

学校一共四棵水杉，并排而立。

三棵繁茂，一棵也繁茂，但是总比其他三棵出叶晚，落叶早。

树粗，用手已搂抱不住。树干高大，只能仰望。当人面对一种崇高时，总是怀有一种自卑的心态。我想，人面对这树，似乎也很觉孤寂。人和树之间，说远不远，说近不近。往远说，是两个种族；往近了说，是邻居。

我们之间并不孤立，我们时刻保持一种联系，它默默地长，我默默地看。这平静的生命，有时光的痕迹。它身上，有时间破裂的声音。

水杉温和，我一直在诗里这样描绘它，我喜欢以一种温和的态度，和一种温和的树进行对话。

水杉什么时候移植这里，我尚不清楚，只知道，它在四季里延伸自己，每年都犹如一个新我，去打败一个旧我。每一年的枝叶，看似雷同，实则不然。

四棵树，站在郊外。

没人打扰，可以沐浴、听风。它们一定讨厌人类的争吵声，那毫无节制的尖锐之针，总在人心柔软的地方，扎一下，再扎一下。

它们笑看风云，鄙视每一颗惊恐之心。一个人，守住本真，犹如一棵树，守住初心。

它从哪来，也没人关心。唯让人欣慰的是，它是一种稀有的树，人每次走过，都会多看一眼。

隔壁的白杨，走了。

还留下它，感受老境将至的孤独。

一个人，和一棵树，在异乡相遇，都感觉对方是一个可怜之物。

我可怜它比我经受孤独的时间更长，它可怜我步入它几年前的孤独。

也许，它不会写出虚无。

然而我，却一直在纸上，写出虚无。

虚无，到底是神的旨意，还是我自缚的枷锁，我还没梳理清楚。

今天，我再次经过它身边，感觉到一种新的延伸。它安于此，居于此，似乎比我更喜欢这里。

松树

松树，覆盖一条主道。

似乎这样书写，更有韵味一些。

路的两边，满是白皮松。前几年长势甚好，这几年不知为何，总有一些树，泛黄，落叶，然后枯死。

一棵树的死去，其他树一定有兔死狐悲的凉意，那些树，撑破树皮，流出黏稠的眼泪。这或许是一个人的意淫，白皮松流松油，是自然规律。

秋风起，松针落了一地。

诗人总说松针尖锐，可是落下的松针，软绵绵的。踏上去，声音也没有，很柔软。

树下，落了一地的松子。

我们捡一些，也不清洗，就放入嘴里。我感觉只有这时，才感觉到童年的味道，那时，不介意泥土，不介意别人的目光。

有时候，还会摇动松枝，让它落下松子，然后捡一捧，满意地走了。

松树，是鸟的天堂。

总有一些鸟，藏于松内。

清晨，走过，一声咳嗽，突然飞出一片黑鸟，呼啦啦地飞了。

白天，也会见到松鼠。

这小东西，胆小，一听脚步声，噌地一下，蹿上树，跳跃而去。

有时候，它也会在人少时下树，在树下啃一些松子。它嗑时的样子，很可爱动人。

路灯昏黄，松树枝枝相交通。

如在寒冬，遇一场雪，树上满是雪，重重地压下来，松针上有晶莹的冰。在洛川，也有雾凇，一场大雾，松针上全是白的，很美。

松树，一心皆针。

似乎该有一些凌厉的思想才对。可是它是迟钝的，它空有尖锐的姿态。它内心深处，有一个循规蹈矩的秩序，遇寒则安。它在寒冬的荒芜里，一直念叨着人烟，这是我的猜测。

因为，我看到松树一直不肯刺伤寒冬的拘束。它允许风吹过，允许雪落在身上，然后满身雪袍。

后来，学校需盖一栋宿舍楼，这周边的白皮松比杨树幸运些。

杨树，都锯断了。在杨树的原有位置上，移植过来松树。

掩埋，浇水，输液，树终于活了。

也许，多年以后，人会忘却白杨。

那时，白皮松仍会进入人的生活。它身上有飞鸟，有大雪，有惶恐的松鼠。更重要的是，它身上有一个学校悠长的历史。

那些年，据说师生上午上课，下午劳作，才有了这所学校，才有了一些可回望的图腾。

人走了一茬，又来了一茬，可是白皮松，还是旧模样。

它孤独，它尖锐。

光明的渡口

第四辑

立春：变了风向

立春，意味着风向变了。

但是，春能否立得住，还是另一回事。一般而言，立春，多在春节前后，这时天正冷。

明为立春，实则还在冬的藩篱内。也许，立春最骗人。你看，草木还是一片死寂，哪有萌动的迹象?

中国人说时间，多半是含糊概念，特别是古人，爱玩虚指，譬如“三岁食贫”，这“三”就是虚的。

古人说春，也有这个弊端，说立春，只是说模糊的春。在豫东平原，立春后，哪有一点春的影子，河流冰封，风很凛冽。

其实，在老家，很少人说立春。乡下人都说打春，我不知道，这个“打”字有何深意。

记得，三爷活着的时候，喜欢在打春那天，去河边听流水，听风吹过。那时候，总觉得他神神道道的，有些和别人不一样。

后来，通过母亲的嘴，才剥离出事情的真相，三爷是在怀念三奶和他的孩子。那时候，冬还没过，就断粮了，三奶和孩子饿死了。三爷听河流，听风吹，其实是在等待立春。

立春到，雪消风轻软。

似乎，草木一夜绿中原，人就有了活路，可以吃野菜、野草、树叶。人能熬过这一段，是最关键的。三爷在立春之后，听河流，听风吹，其实是在听活路，但是三奶和孩子没能挨过立春的节口，世界于三爷看来，一下子空了。

立春三候，一说东风解冻，二说蛰虫始振，三说鱼陟负冰。

东风解冻，没能将风雪关在门外，北风时常压倒东风，一场雪，落在门外，白了中原。

如果，故乡的东风能解冻，流水活了，冰块流向下游，鱼不安定了，开始游动，鱼能负冰，那么三奶也就活了。可是中原的立春仍旧老样子。三爷不相信立春，他每年都在听，看是否有一年照应节气“三候”说。

立春，过年。

王郎在诗里写道：春风送暖入屠苏，总把新桃换旧符。喝酒，取暖，用新桃换了人间，辟邪。

我的故乡是大宋旧都。习俗甚多。

吃春盘。其实，说白了，有点寒碜，无非是韭菜、荠菜、芫荽、萝卜等，拼成一盘。生吃，不太美，远没有东北蘸酱吃，更过瘾。

可是，一到文人笔下，就可爱起来。老乡杜甫在诗里说“春韭试春盘”，多么富有诗意啊！

立春，风到一场雪。

也许，春还在路上。

一个人，躲在屋内，围观炉火，也是立春之后的事。白居易有“欲别红炉火”之说，别了炉火，倒是让人有些不舍。

苏轼写的“春牛春杖、春幡春胜”，都是习俗，只是这些，都被人忘了。再说冬小麦遍地，哪需要春犁啊！

立春，实则是我一个人的立春。

非天下的立春。

雨水：文人的园地

文人喜雨，是一种通病。

我虽不敢自诩文人，但是身上也有不少喜雨的毛病。

春夜，昏昏睡去。一觉醒来，天未亮，却有雨水，滴答滴答，敲打着窗台。甚喜，这觉着实睡不下去了。

一个人，在春天里，想着与雨有关的人和事，是美的。

东坡喜雨，人所共知。

竹杖芒鞋轻胜马，一蓑烟雨任平生。这北宋，还是有文人的。

会写文章的，不一定是文人。我眼里的文人，一定要与风骨有关。一定能在春天里，听雨。

杜甫算一个，写春雨，随风潜入夜，润物细无声。只是这境界有点小。细雨绵绵，是春雨的味道。往上推一句，可以看出杜甫的小资来。

再往下数，应该是苏轼了。他喜雨，所以将所居住的亭子命名为喜雨亭。喜雨，是好的习惯，一个人，对于雨水的宽容度，实则是一种情怀。

受他影响的人是民国的周作人，他也写雨，只是多了些苦味。他的书房叫苦雨斋，这一地的雨，是多么苦涩的字眼啊！

杜甫，在茅屋里，听雨。

苏轼，在亭子里，听雨。

作人，在书斋里，听雨。

这三层境遇，是他们人生的差别，也是境界的差别。一个最穷的人，想的是家国；一个流放的人，想的是逍遥；一个衣食无忧的人，却最没风骨，叛了国。我想，这雨，看得最清楚。茅屋、亭子、书斋，应该是递进式的舒适。最舒适的人，一直活在苦雨里。

提起文人，似乎生活在江南的多些。

因此，好的诗句，都是从江南的烟雨里跑出。也许，最能代表江南烟雨的，就六个字：杏花，烟雨，江南。

北方也有杏花，只是这杏花是反衬酒的。杏花村，有酒器，也有一两个喜雨的人，那是醉客。

烟雨的事，似乎可遇不可求。北国之春，似乎雪花比雨水少不了多少。

在雨水的节气里，实则不见雨水。

《月令七十二候集解》：“正月中，天一生水。春始属木，然生木者必水也。故立春后继之雨水。且东风既解冻，则散之为雨矣！”

金木水火土，草木皆为木命。

那么它的贵人呢？

节气中的雨水，似乎不爱北国的春。南方的烟雨，已遍布江南，而北国，似乎还没有逃逸出冬的栅栏。

那一片白，是雨水的另一种态度。

春寒料峭，雨必是冷雨。

其实，听雨，已被余光中先生写尽。但是，在北国，有他想不到的地方。

麦田、细雨、中原。

这麦田，是属于中原。中原是中国的后院，这里，有了麦田，就不担心温饱了。人饱了，就不必去漂泊。

然而现实的境况是，中原是中国的空院子。青年，走了，只有老人和留守儿童，守望着家园。

不知道，这雨水是否唤醒蒋捷的词。北宋的词人，想必会照顾一下他的国家、他的汴梁吧！

蒋捷的气节，仍是北宋式的。

他的词，少年浪漫，中年苍凉，晚年沧桑。余光中也指出，歌楼、江舟、僧庐，是雨珠串起来的，一颗灵魂，在雨中呐喊。其实，这心境，非是雨水所在，而是在雨声里，纠结。

一个人，国没了，心是怎样？

听听雨，是否能跳出这个圈子？

我不知道。

我喜欢在无聊时，看雨水落在屋顶，屋顶的瓦是湿的。青瓦，或者更确切地说是蓝瓦。他们沐浴着雨水，被雨淋湿的河盘踞高处，也许它在呼喊。

听，这雨水从高处坠落，然后落在厦下的青石板上，这雨的喊叫是如此安静。水滴石穿的哲学在农家小院里书写着。这雨声，从麦田里穿过，从小路上穿过，从纸上穿过。

翻来书，觅得“竹床瓦枕虚堂上，卧看江南雨后山”，这句，实佳。

只是，这雨水，又回到江南。

从北国，到江南。

似乎，命里注定逃脱不了这些带水的文字。雨水的味道，应该属于江南。北国，只是雨水的注脚。

也许，雨水深处有太多的书、太多的文，等待着我们，在明净的窗内，慢慢读，慢慢听雨。

“落花无声，雨水有趣”，这是典雅的高贵。春天，有太多的机遇和时间，去拥抱一夜春雨。

一个人，想象着穿越，或许，我会选择在北宋，做一个懂雨的人。

惊蛰：睡醒的节气

中国的节气，不靠谱的居多。

雨水不见雨，惊蛰也不见蛰伏的虫儿。

二十四节气，应该说是农耕文明的指南针。在中国大地上，人们用节气的罗盘，指引着耕牛和铁器。

然而，中国农历的源头，一定有一个坐标是确切的，但是肯定不在我的故乡草儿垛，因为故乡的气候和节气对应者偏少。其实，中国人对时间的概念，往往是模糊的，譬如一炷香、一袋烟，都不具体。也许，这节气，更为模糊。

地理课本上，“惊蛰”一词，专业术语说得让人有些讨厌，我喜欢民间的话。譬如苇岸在《惊蛰》一文中就说得生动：“乡村客店老板凌晨轻摇他的诸事在身的客人：‘客官，醒醒，天亮了，该上路了。’”

“醒醒”一词，很适合惊蛰。

到底谁应该醒醒呢？

我想，最先醒的，应该是大地。

大地，回春。那些冻土，是否会在日光下消隐?

草木，随后苏醒。其实，草木概念极广，在原始人那会儿，庄稼和野草应该是一个概念，都是无用的。或者说，都是有用，他们靠这些充饥。

后来，庄稼突围而出，成了稼穑。只剩下野草了，草和庄稼，一个成了贵族，一个仍是贫民。

这情景，和人间烟火一样。土地上，中榜的是庄稼，落榜的是野草。

惊蛰，野草苏醒，必定先于人的苏醒。

你看，地里的麦田，先开始招摇。然后，野草也开始苏醒，一地的繁茂。

农人待不住了，一把锄头，一身瘦骨头，便是乡野图里最好的元素。

鲍尔吉·原野说过："节气的命名如预言，像中医的脉象，透过一个征候说另一件事情的到来。"

到来的另一件事情是什么呢？惊蛰，这些苏醒的野草，会叫醒人。他们会跑到麦田里，去挖野菜吃。他们还会引出一段农耕的时光。

不信，你听。"过了惊蛰节，锄头不停歇。"这谚语，会带出南山下的人。

这锄荷的隐者，在田里吟咏"促春遘时雨，始雷发东隅。众蛰各潜骇，草木纵横舒"。就是这一吟，让文人喜欢上了田园，喜欢上了沾满裤腿的泥巴。

如果没有陶潜，也许农业仅仅只是耕地、种田，而不会成为文化的、心灵的栖息地。

农耕的人，一锄头便见蚯蚓。这是写实的笔法。在豫东原，潜伏的动物有些也许不再醒来。

不信吗？如今的乡下，茅房再无泥土，那些松动泥土的屎壳郎，不见了。醒来的，只剩下泥土里的蚯蚓。

“潜伏”，是一个时髦的词。

电视剧里，人潜伏得惊心动魄，但是与草木无关。自然界里潜伏的，是那些疯长的草木。它们最好躲避一下铁器，才能借春风燎原。

那么，惊蛰，有浪漫的笔法吗？

有，春天现惊雷没见过，但是桃花始开，花正含蓄地表达。

在春天，草醒后，木也醒了。

木醒，先是花开。桃花红，梨花白，都在惊蛰里。

如果下一场桃花雪，那更浪漫。这情景，只有北方有，温度尚冷，不足以成水，还是浪漫的雪花。

红花，白雪。外加一点什么？

我想想，美女吗？

古典的美女，在当今已少见，满街都是涂抹时尚的女郎。站在桃花雪里，就会坏了追求的情致。

我倒是觉得，在这里，应该有最原始的野性——放一群蝶和蜂吧！

我喜欢看《说文解字》，有时，也自以为是地杜撰一些。

春上草梢头。这“春”字，在篆文里，便是“草”和“日”，太阳在草下，正准备升起，这暗合惊蛰的本意。“寒”字却不同，它是房屋下，日头是蹲着的。

惊蛰过后，是草木的灾难。

一把锄头，虽然锈了一冬，但遇到野草，便开了杀戒。

这自然而生的草，不知怎么得罪了上帝，落得个如此凄凉的下场。

其实，我喜欢苇岸的“到了惊蛰，春天总算坐稳了它的江山”。

那么，坐稳江山以后呢？

一定像帝王那样，期望长寿吧！

翻来《黄帝内经》，“春三月，此谓发陈。天地俱生，万物以荣。夜卧早起，广步于庭，披发缓行，以便志生”。原来，惊蛰之后，适合慢行。

但是，正晴的日子，野草不可能慢下来，而会疯地一下子就满地了。于是，长寿是做不到了。

短命的事物，看不懂在大地上夹着尾巴活的好处。

草木之命，实则人之命运。

春分：花，闻风而至

春分，将春天一分为二。

前一半，冬寒尚在；后一半，春暖入心。或者说，在春天的家族谱上，春分居中而坐，是一个宠儿。

春分“三候”，只有玄鸟至，来得贴切些，燕子衔泥筑巢，一下子就落在古诗里，“谁家新燕啄春泥”，如果无人认领，我愿意认领这双燕。

春风，一夜过墙。

“南园春半踏青时，风和闻马嘶。青梅如豆柳如眉，日长蝴蝶飞。”

柳叶如眉，尺寸正好，鲜美，可口。记得有种柳，柳叶也能当茶，柳絮刚上枝头，入水，烧火，便是一绝美菜肴，只是懂它的人，不多。

蝴蝶，与花结缘，花衬蝶美，蝶衬花俏，一对好搭档。

踏青，沐浴春风。

自然也忘不了放风筝。

其实，小时候，我们在春分日放风筝，母亲定把我们赶往田野。小时候，不知何故，后来看了一部电视剧，《篱笆、女人和狗》，里面提到一种有关风筝的习俗，风筝落入别人屋顶，是晦气之兆。原来，风筝里除了藏匿着风，还藏匿着看不见的文化，这些让我对春分认识更深。

“夜半饭牛呼妇起，明朝种树是春分”，墙上满是“要想富，少生孩子多种树”，一个时代的标识，书写在墙上。如今，又放开二胎，这风向变换太快，人看不懂了。

说起种树，应该往春分里走走。

那年，祖父在园里，种了一株梨树、一株杏树。他挖坑，我扶树；他填土，我浇水。他用那枯树皮似的手，抚摸我的脑袋，这一摸，成了绝笔。

这一年，祖父就走了。

每年春分，我看见梨花白，杏花红，总想起祖父那枯树皮似的手。故乡，花多，树多，不需要买花插瓶，放在窗台，装饰风雅，明朝深巷卖杏花，在故乡是看不到的，只能听见夜雨，花落一地。

春分，人吃野菜，成为一种旧俗。

找一和日，挎一竹篮，三三两两的人，散在田埂地头。别地，挖野菜，而在中原，有一特称：薅野菜。

春分，荠菜在地头，等待赏识它的人，带它回家。洗净，或凉拌，或煲汤，自有一番风味。

“春分麦起身，一刻值千金。”

如果春分是暖春，人多半会高兴不起来。麦苗疯长，超过往年的高度，过分消耗养料，乡人称“麦起苔”了，这情景我只见过一次。

那一年，祖父赶牛，套上石磙，驾辕，在麦田里磙压麦田，也许伤筋动骨的麦子就需养伤。

麦子放缓了脚步。

也许，一个误入中原腹地的外乡人，看到一群人，赶着牛，用石磙倾轧麦子，会认为人疯了。

其实，麦子的习性，已融入乡骨。

一眼看出麦子的长势，只有乡下人有此等功力，许多外乡人是来看风景的。

春分，要祭祀土地神，祈祷丰年。

很多地方要请戏班子，俗称社戏。说到社戏，我便想起大先生，这一说法是陈丹青说的。

大先生厌倦了咿咿呀呀的女旦，怀念那江南的乌篷船、溪水，远处的青山，水煮的罗汉豆，那么，我的北方呢？有什么呢？

我的北方，有麦田。

还有一点榆钱。

清明：梨花正清明

草木走到清明，便青翠了。

回头看看清明的定义：“万物生长此时，皆清洁而明净，故谓之清明。”这是一个与春风、花草有关的节气。

不信，看清明“三候”：一候桐始华，二候田鼠化为鹌，三候虹如见。

桐树开放，满树的白。这喇叭似的桐花，是属于乡村的。乡下用木料的地方多，这桐树长得快，易成材，因此便成了乡村的帝王。

主人宠着，邻居敬着。

乡村的清明，便是桐花的天下。一簇一簇，在树上歌唱。

桐花和人关系密切。也许，在豫东平原，再也没有比桐树更贴近生活的树了。一个孩子出生了，该起名字了，母亲一指树上的桐花说，就叫桐花吧！在我的村庄，以桐花为名的女孩不下于十个。

我的三姑也叫桐花。她生于桐花开放时，也死于桐花开放时，一辈子，似乎躲不过桐花的纠缠。

那年，日子平静，风也温和。三姑跟一个养蜂人走了，村里知道的唯一线索就是他来自南方，具体是哪里的人，没人知道。

三奶在三姑走后，哭瞎了眼。

以后的故事也带有神秘色彩。三姑杳无音讯。在三奶的葬礼上，出现一个哭得死去活来的人，村人都说是三姑，但我不认识。

只隐隐约约觉得她仿若老年时期的三奶，有种忧伤的孤独。

对于桐花，我怀有悲悯。

清明，一场风，草木就散开了。

孟浩然曰：“花落草齐生。”草，也许开始竞赛了，都想成为草中的状元。

陆游也说：“燕子家家入，梨花树树残。”燕子筑巢，便和屋檐上的瓦、烟囱里飘出的炊烟，构成一幅鲜活的农家图。

清明雨中燕，那么雨中花呢？

雨中花，当然会满身雨水，最美莫过于“草木清明花清素，一树梨花压海棠”。素颜朝天的样子，也是美的。

也许，清明是属于梨花的世界。

桃花太艳，譬如“人面桃花相映红”，会晃晕人的眼；杏花又太忧伤，“杏花春雨江南”，满是乡愁的味道。还是梨花好些，“梨花风起正清明”，这梨花，安静，圆融。

清明本是草木的世界，怎么走着走着，就有了哭声呢？

原来，唐朝时，人们把寒食节的风俗顺延到清明。后来这个节气和上巳节、寒食节杂合在一起，便分娩出一个新的清明节。这清明非彼清明，和祭祖有了联系。

我在想，清明到底是草木的清明，还是人的清明？

说起人的清明，便会想起杜牧的清明、黄庭坚的清明、苏轼的清明。

那么草木的清明呢？

我觉得清明应该是草木的清明，应该去草木间寻找真意，一个人应该回归草木。清明忌肉，少些腥味。多一点草木的素心，在草木的深处，看到欣欣向荣，便会想到生的快活。

那么，一场清明雨，就会出现几句熟识的唐诗，把人推到悲伤的风口。清明里，新生和怀旧并举，人与人阴阳相隔，一息一生。

一人，在清明的雨中，应该去坟前祭祖，“野田荒冢只生愁”，是啊，荒冢被人遗忘了，是该让一些文字生愁了。

在故乡，人都去了城市，仅剩荒坟立于乡野。

夜半，无论城市，还是乡村，面对清明，是否会有人心有所动？

在所有清明的诗里，我最喜欢王禹偁的诗，“无花无酒过清明，兴味萧然似野僧。昨日邻家乞新火，晓窗分与读书灯”。这首诗里，有我喜欢的清明气息：新火、读书、灯光。

在清明，既然忌肉，更应该注意养生。韦应物云：“杏粥犹堪食，榆羹已稍煎”，我馋清明了，馋那一锅的杏仁粥，馋那一锅的榆钱羹。

这些年，我都是在他乡面清明而思过。

一个人，会在清明这天，想起故乡的草木：车前子、地黄草、米米蒿、荠菜，还有那满地的七七芽。

故乡风起，我家墙外的那一棵歪脖子梨花树，梨花是否已开满枝头，压过邻居家的海棠花了？

谷雨：一个人的食谱

说起春天的节气，最喜谷雨。

我认为，“谷雨”二字很值得人把玩。拆开来看：谷，乃庄稼，食也！雨，乃自然之灵。也许，在中国，“节气”是一个大词，它的着力点在于大地、草木。

节气，在土地上行走。

草木，是节气的孩子。

在故乡，母亲常说：“清明断雪，谷雨断霜。”起初我不信，我一直等待桃花雪降落，来打破僵局，但是清明以后，就不见雪花了，满村庄“雨纷纷”。霜，也不见了，最怕早起农耕，一裤腿的露水。

这春天的最后一站，不忘雨水和庄稼。“雨生百谷”的说法虽源自古人，却并不显得久远，它无时无刻不在关照着当下的农历。

这谷雨一迫近，家里的犁该打磨了。选择一个晴天，到地里去耕耘。

宋代的蔡襄曾有诗云：“布谷声中雨满犁，催耕不独野人知。荷锄莫道春耘早，正是披蓑化犊时。”是啊，在谷雨中，负锄扶犁也是一种享受。

诗里写得很浪漫，那么，谷雨里有布谷鸟吗？

看看谷雨“三候”：一候萍始生，二候鸣鸠拂其羽，三候戴胜降于桑。

浮萍，我没见过，只存在于想象里，在故乡，水里最多的是一种叫杂草的绿叶，我们常常用网捞起一些，扔进猪槽里。

鸠，很多人都说是布谷鸟。

“布谷飞飞劝早耕，春锄扑扑趁初晴。千层石树通行道，一路水田放水声。”这是姚鼐江南的谷雨，那么北方的谷雨一定在麦子青青的世界里。

麦子，永远是北方的中心。

布谷，永远是麦子的中心。

三候说的是戴胜鸟，这种鸟，我没见过，但是百度过它，很美。如果说，用人来比喻它，它就是鸟中的西施。

如若不信，看看古人笔下的文字。

“季春三月里，戴胜下桑来。映日华冠动，迎风绣羽开”，最喜后两句，多么美的文字，风、羽毛，在谷雨里动着。

李白也写过戴胜鸟。他在《夜下征虏亭》写道：“山花如绣颊，江火似流萤。”绣颊，有人说是戴胜鸟。其实，山花之美，也只戴胜鸟能比；夜黑江静，江火之美，也只有流萤能比。

古人比今人安于寂寞。

他们散淡的时候多些。不像我们，总是给自己找事，否则会很孤独。

“村舍少闻事，日高犹闭关。起来花满地，戴胜鸣桑间”。故乡虽桑少，但是我也错以为这诗句里正写着我的故乡。村舍，关闭的柴门，那些开着的野花，多像北国的故乡啊！

在北国，谷雨的雨一定是大的。

它不似清明的拂面雨，很暧昧。谷雨的雨，躲在屋檐下，定能听见那种啪啪嗒嗒的雨声。

雨夜，一个人，躲在屋内研究食谱，也是一种雅事。

《随园食单》中记载香椿芽豆腐：“到处有之，嗜者甚众。”

说起香椿，我便想起外祖父来。

他有一个香椿园。在春天，摘一点嫩芽，挑一担子，在城市里游走，去唤醒一些人的味觉。

满园皆是香椿芽，在我的童年里。

香椿树，笔直。一年以后，长得很高，便难摘其嫩芽，有些可惜。

起先，我对香椿有些讨厌，那种怪味，让我忍受不了。吃过两次后，便觉得放不下了。

我认为，香椿是蔬菜里的另类。

它是特立独行的，不在乎人们的鄙视，而是用大肚量去包容偏见。

谷雨前后，开始种荆芥。

这是豫东原上一种让人不能忽视的蔬菜。荆芥之味，更为猛烈些。

它不会取悦人类。

荆芥和黄瓜、蒜，一起撑起豫东的凉菜。

没蒜，便是要了人的命。

如果没有荆芥，那就是要了故乡的命。

每家的菜园里都长着荆芥。在老家，吃一碗捞面条，蒜泥浇上，也需一些荆芥陪着。秋收，每家的墙上都会有一束干的荆芥，人们不碰它，先冷落它一年，到了谷雨，便把它撒落到泥土里。

记得冯杰老师说过，一个人有见识，多用“吃过大盘荆芥”来形容。可见荆芥在河南，与人的见识缠在一起。

我认为，香椿和荆芥是上帝赐给谷雨的最好礼物。

由香椿而去偏见，由荆芥而生怀想。多好啊！于是，我觉得，自己是谷雨里最富有的人。

立夏：空有虚名

节气之中，也有过渡。

立夏，并不热。真正热的天气在夏至，在三伏天，立夏空有夏名。

翻书，便发现立夏，实则夏为“假”也，有万物纵容之意。草木繁茂，意味着草木到了另一个深度。

立夏，南北泾渭分明。

北方还在春帏之内，野草正长，槐花正白，温度宜人；南国，热气逼人，雨水渐多，把人堵在家里。

斗指东南，维为立夏，万物至此皆长大，故谓之“立夏”。

是啊，故乡的立夏，麦子已见麦芒，只是还是一身绿衣，只需几场风，就变黄了。

故乡的红皮蒜已熟，鲜蒜，剥皮，捣碎，拌凉面，让立夏的胃口清淡了许多。

那么，炎热的江南呢？

在江南，有立夏饮茶消暑，食水煮蚕豆的风俗。也许，乌篷船，一带河水，满天星斗，几点火光，便将鲁迅笔下的江南复活了，只是缺少偷罗汉豆的少年。

立夏，似乎属于草木。草木背后其实是人伦，是文化。

立夏，是减肥的立夏，人一肚子的生瓜绿枣，重量也下降了。在故乡，人有称人的旧俗。

其实，在祖母健在时，还用秤称人。那时，觉得好玩，总是一次次地哭闹着要上秤。后来，祖母走了，立夏便显得空落落的。母亲只忙着生计，对这习俗不甚热衷。

有时候，我想，这习俗怎么来的？一次读书，看到诸葛亮、孟获、刘后主，便觉找到了习俗的源头。

诸葛亮死后，孟获遵循孔明遗嘱，每年看一次后主。后主投降，囚于晋，孟获每年进京一次，称后主一次，以此验证晋主是否善待后主。这传说，有明显的漏洞，我读后，微微一笑。

故乡的立夏，一定与此无关。

中国人对色彩敏感。

国人骨子里多喜大红大紫之色。立夏，天子携群臣着红衣，车马皆红，祭祀炎帝祝融，这是立夏里最浓墨重彩的一笔。

夏季，色主赤。

与此相对应的，是菜园里的西红柿，红彤彤的一片，乡下人，在立夏的门槛上，摘取，抓一把青草，擦拭干净，直接入口。

古人常曰：病从口入。但是乡下人已习惯这种与草木亲近的方式，不但健硕长寿，而且还心生欢喜。

立夏，草木坐在光阴里。

动物呢？也坐在光阴里。

你看，三候之二，与动物有关。蝼蝈鸣，蚯蚓出。

说到蝼蝈，历来说法不一。一说蝼蛄，又名拉拉蛄、土狗、惠蛄。北方蝼蛄多，翻土，一锨能翻出几条蝼蛄来。但是，郑玄不同意这观点，他说蝼蝈实际上是青蛙，是一种身着褐衣的蛙。

其实，立夏，雨水多了，雨后的池塘，水满，草长，青蛙声便一浪高过一浪，这解释，倒也合理。

雨中，水流遍地，蚯蚓会爬出。蚯蚓是儒士，在雨中优雅地行走，一些孩子在雨中捉弄它们。另外，还有些害怕蚯蚓的人，小心翼翼地避开。

似乎，立夏是一段铺垫，只为引出那一段节节攀升的草木，或者是一片暗于一片的乌云。

我在立夏，细品格调。

小满：一部乡村书

在故乡，小满是个人名。

农家孩子多，长者不懂文雅，胡乱给起个名字，就是一辈子。

也许，在故乡，你呼喊一声小满，会有十来个孩子应答。

小满，小满。

我喜欢这个名字，它带有一股暖流。“满”在故乡，是一个重要的词。圆满、丰满，都是好词。

夜晚，星子满天，一家人在庭院里坐下，母亲摇着蒲扇，说着豫东的歌谣：“小满不满，麦有一险。”那时，我对于小满是恐惧的，怕夏天的热干风，怕这满地的麦子不会怀孕。

热，其实是好事，见热而万物长。但在小满节气，热过了头，也意味着粮缸空了，肚子会抗议。肚子空了，人心也就坏了。

人心不古，东家的羊、西家的麦子，都会随夜晚的黑遁去。清晨，有一些人家看着空空的羊圈，落泪。

更多的时候，是女人掌管着家人的嘴。我觉得在乡下，女人比帝王更有远见，她们在贫穷里，更有见识，更看得长远。

小满前后，青黄不接。

麦子，在地里，尚不能食用。家里，老人需进食，孩子需进食。

那么，用什么填饱肚子？节气里的小满，不辜负人的是土地。

《周书》云：“小满之日苦菜秀。”“作秀”似乎不是一个好词，但苦菜之秀，是救命之举。

苦菜，似乎和小满紧紧抱着。

我心里的小满也不再丰腴了，似乎多了些命运的苦色。不知怎的，说起小满，我突然想起以前的童养媳来。童养媳和野菜完全相搭：野菜颜色丰茂，但骨子苦；女人颜色鲜嫩，但心里苦。

在小满里，民间有吃野菜习俗。一口就吃出了当年的味道。似乎现在的人不相信小满是苦的。

“三候”说：一候苦菜秀。这苦菜，一下子苦到传统里。民间流传说，当年王宝钏守寒窑，每到小满，就食苦菜充饥，一吃就是十八年。

《诗经》有云：“采苦采苦，首阳之下。”

《诗经》是中国的民谣歌曲，似乎从远古开始，就记住了苦菜的好，一而再再而三地记录苦菜的温情。

这时，我才知道，小满不仅仅是人名。它比人名更让人关心。

翻来日历，小满到了。

《月令七十二候集解》云：“四月中，小满者，物致于此小得盈满。”

是啊，麦子到了这里，也就熟了一半。小满已过，父亲一趟趟跑进麦田，仿佛也长成一株麦子。

麦有大小之分，我喜欢大麦。

大麦更有风骨，它麦芒更长，且不易被风吹倒。人们尽力去拔掉它，可是到了第二年，这麦田里的大麦，又高出小麦一头。

每一株麦子，都是小满的孩子。

除此之外，还有墙角的麦黄杏，也是小满的孩子。

在豫东平原，小满已近，也就意味着味觉复苏。

燎麦，吃的人一嘴的黑。

磨盘，也清洗干净。只等麦子入磨，香味浓郁。明代的刘若愚在其《酌中志·饮食好尚纪略》中说：“取新麦穗煮熟，剁去芒壳，磨成细条食之，名曰捻转，以尝此岁五谷新味之始也。”

在小满，欧阳修也不甘示弱，在《归田园四时乐春夏二首》中写道：“南风原头吹百草，草木丛深茅舍小。麦穗初齐稚子娇，桑叶正肥蚕食饱。”

好一个小满，如此文艺。

这小满，是一部乡村书。

芒种：散去的锋芒

一个人的锋芒，终归会散去。

但是于节气而言，芒种的锋芒永远在土地上，永远在日历上。

也许，芒种依靠自己身体内的丰腴，让人们记住了它。

在二十四节气里，清明、冬至，都是靠习俗让人对它倾心。

芒种不，芒种有些倔强。

这硬骨头来自哪里？找找源头吧。

芒种是第九个节气，三九之尊，吉利。就是天热，人浮躁些。

元人吴澄在《月令七十二候集解》中云："五月节，谓有芒之种谷可稼种矣。"似乎没找到它的出处，《周礼》云："泽草所生，种之芒种。"

它的源头居然有周代遗风，也许一张口，就一嘴的西北味。

芒，也许是指麦子的锋芒，应该收收。磨刀石，镰刀，都是芒种里最锋利的牙齿，能一口咬断庄稼的脖子。种，是麦尽后，应种些豆，种些玉蜀黍。芒种，实质就是权力的交接，麦子老了，应该禅让给更耐得住心性的玉蜀黍了。

芒种，蹚过春天的桃李。

芒种，蹚过布谷声声。

芒种，终于在夏季里安静下来。

我喜欢芒种，是喜爱它那一身的饱满，喜欢麦子炸裂的声音。麦子是平原上最大的图腾。

乡人只喜爱麦子，只崇拜麦子。也许，在远古时代，农人的祭祀都在麦田里，唯有麦子才配享用这祭品。

海子，喜欢在麦田里走一遭。

我想，他一定也爱过这丰腴的芒种。

一说文化，也许就拔高了这芒种的境界。但是，很多文人高高架起它，不放手。

林清玄说："稻子的背负是芒种，麦穗的承担是芒种，高粱的波浪是芒种，天人菊在野风中的盛放是芒种。"

这文字，很精彩。可是我不懂，后两个似乎与芒种相距太远。高粱的红脸，在秋风里；菊花，也开在隐者的秋天里。如何与芒种产生暧昧？实在难以理解。

北方的芒种较为单一。无非是麦收，种豆。

也许，捡麦穗的孩子是芒种里最美的风景。

那么南方呢？

芒种至，梅雨伤。

原来南方阴雨霏霏，密密的雨正打在杨梅上。

说到这，我想起小时候学过的一篇文章，《故乡的杨梅》，那时候一嘴的口水。流口水岂止我一个，还有历史。有些人嘲笑我，历史还会流口水，你说笑吗？看看曹操，望梅止渴，是不是让历史流了口水？

《植物名实图考》里写："乌梅以突烟薰造，白梅以盐汁渍晒。"没去过南方，一直天真地认为，南方就杨梅一种，没想到还有乌梅和白梅。这似乎还没完，清代的食谱《调鼎集》里记载梅子的做法，超过二十种，其中，煮青梅成为民间习俗。

看到这，心里一下子沸腾了。

想起青梅煮酒论英雄。这三国里最好的文字，让给了芒种的梅。

只是这历史太厚重了，似乎离我们的生活太遥远。

青梅竹马，似乎更贴近人心些。

想到这，我想起邻家的姑娘。

她与我一起长大，后来，我一路向西，她呢？听村人说，在南方打工时，嫁给了远方。

在芒种里，我能记住的不多。

闪光的粮食，还有那再也没见过的女孩。也许，我会对"青梅竹马"一词耿耿于怀一辈子。

夏至：热气扑面而来

夏至才意味着热天到了。

空气黏稠，一种潮湿的味道在房里飘散，刚晒过的被子，两天以后又感觉湿漉漉的。许多人刚洗澡出来，不一会儿又汗水浸透衣服。这夏至，着实恼人。

老人常说：夏至，阴气生。

这么热，睡觉要铺凉席，且要睡在院子的那棵大槐树下，哪来的阴气，我不甚理解。

后来读夏至三候：一候鹿角解，二候蝉始鸣，三候半夏生。才开始慢慢理解，阴气盛时，鹿角脱落，阴气太盛，蝉蛹在地下待不住了，便争先恐后地爬出来。我想，蝉蛹一定是古墓派，阴气最重，且都蜗居地下。

夏至以后，雨水频繁。

天上乌云密布，似乎压在屋顶了，一阵风，又吹跑了。这雨水，被风吹向他处，一些救急的雨水老是落不下来。农人望眼欲穿，静等雨水，祖母一早就去了庙里。

似乎，庙里的佛像也不可靠，白吃人间贡品，享受着人的跪拜，却不能为人间干一丁点实事。

最喜黄昏雨，一条街道，两个世界。这让我想起一句老话：夏雨隔田坎。街道这边，雨水急切，雨水沿瓦而下；街道那边，干巴巴的，地面没有一点雨星。

有时，一场大雨落下，不一会儿，又晴了。许多人便在林间找蝉蛹。地面有薄薄的小孔，用手一抠一个洞，一个蝉蛹盘踞之内，在等待脱壳，经历一种涅槃。

用手抓，蝉蛹缩回洞里，便用水浇。也许水攻之计非源自兵书，每个人内心都藏匿着水源。

也许，夏至之时，唯一的乐趣便是逮蝉蛹。夜晚，灯光乱舞，犹如星子。清洗，过油，剥皮，一团肉，入口，鲜嫩无比。

夏至，太热。

祖母常念叨一句话：夏至不吃面，临死不相见。每次听到这句话，我毛骨悚然，感觉一股阴森森的风在吹拂。难道老人认为面里有一种冥冥之中的定数?

我知道，在夏至，祖母一定忙于面活：和面，醒面，擀面条，切面，点火，加柴，入水煮，过凉水。

园中的榆树叶也被祖母摘取干净了，煎水，下叶，烩卤。其实，这榆树叶吃起来有些涩，一般人吃不习惯，可是我一家却吃得津津有味。我知道，这是救命的恩人，不能忘，祖母吃它，其实是敬它的一种方式。

夏至，肌肤也裸露了。

人心，也裸露了。许多人借捉蝉蛹之名，像两团火飘进玉米地里。玉米隔离出乡间的另一个世界。

很多人说到夏至，便会说起玉米地，便会提起陈年旧事。玉米地名声甚差，它是偷情的代名词。

古人云：物极必反。

夏，应该是阳气主宰才对，可是阴气在阳气里潜伏，浮起。

夏日，最不忌口，生冷瓜果一概入肠。除此之外，许多人急功近利地消暑，冷水洗头，或一头扎进冷水的池塘里，许多病在此落根，到了寒冬的薄弱处，便会爆发。

许多养生的食物便应运而生。

嵇康《养生论》中说：“更宜调息静心，常如冰雪在心，炎热亦于吾心少减，不可以热为热，更生热矣。”

也许，这种境界少有人做到，许多人仍在夏热里心静不下来。

在夏至，一个人打开窗，看着头顶的星子，眼前一本书，最好是写冬雪的，翻开，一场风雪，这寒气，杀人，也杀心。这是我在夏至里能凉下来的唯一方式。

小暑：不想动的乡村

到了小暑，男人多半光着膀子。

白天，别说人了，就算猫啊狗啊，都躲在阴凉下，很安静。

也许，安静是缓解热的唯一途径。

不想动的乡村，唯有大小暑。

玉米卷着叶子，期待一场雨倾盆而下，搅乱乡村的局。

摇扇子的人似乎也意识到，这人造的风有些小家子气。温度也一如既往地热。

母亲在院子里，不停地晒水，似乎想用水来祛除内心的恐惧。可是，这水不到几分钟就蒸发了，了无痕迹。

似乎，在小暑，万物安眠。

但是，瓦片下，或者是墙角处，有蟋蟀的叫声，这是唯一动着的文字。

小暑三候：一候温风至，二候蟋蟀居宇，三候鹰始鸷。

温风，似乎说得过于委婉。倒是这蟋蟀，说得较为贴切。

《诗经·七月》云："七月在野，八月在宇，九月在户，十月蟋蟀入我床下。”

有人说，这八月，是农历的六月，即小暑时分。我就纳了闷，节气不是根据农历总结的吗？

蟋蟀，圈养在房内，犹如自家的孩子，一高一低地闹着。是嫌热吗？如果祖母还健在的话，一定有办法让蟋蟀安静下来，如同以前。只是，祖母走在了小暑的前面，她也许再也不热了。

村东的瓜园里有几双眼睛，盯得正紧。玉米是最好的屏障，挡住了一些贪欲的眼。

第二天，二奶的哭声刮过街道。

“恁个鳖孙，不要脸啊！”

我暗笑，这骂得恰到好处，把她自己也卷了进去——我也在偷瓜之列。

多年以后，我在故乡想念小暑，一定会想起二奶的骂声，是那么婉转动听。

我喜欢小暑，其实是为了满足肚子。

天热，油腻食物是不吃的。

母亲为了讨好我们姐弟几个的胃，一碗捞面，就让我哧溜哧溜地吃个美。汤，一定是荆芥叶的那种，或者西红柿鸡蛋的也行。

小暑时节，饭似乎有点难做。

一些人厌食了。天热，人就没了进食的欲望。

我记得，母亲常在小暑里，用笊篱漏下一锅的面鱼，其实，这叫法是雅称，故乡人一张嘴，就是豫东白话的味道。

“她婶，中午吃的啥？”

“她大娘，吃的蛤蟆蝌蚪。”

也许，在乡下，再也没有比这更地道的乡村语言了。

我似乎看到，锅里满是游动的蝌蚪，凉凉的，游到我的胃里。

小暑，云朵会飘得好远。

南风吹来，也是热的。

我喜欢在文字里描绘东风、西风以及北风，忽然面对南风，竟然觉得它是如此陌生。

南风，是小暑的性格。小暑不革命，只是脾气暴躁，会突然刮起一阵风，然后就会落泪。这眼泪注定横流，村庄也就雨水满沟，我们都居住在一片水域。

这，到底让我想起江南。

其实，在小暑里，我思维简单，就是去一趟有水的江南。

在那里，避热、划船，然后采一把莲子。

去鲁迅的鲁镇，在乌篷船上，再煮一把罗汉豆。

大暑：暑气生阴

一提起大暑，心就像着了火。

其实，乡下人对于大暑，是用生命去感触的。热之于庄稼，本是好事，但热过了头，也就成了灾难。每年都有一些人，熬不过热，走了。

一些人，在大暑里，摇着蒲扇，大汗淋漓。许多人便自欺欺人道："心静自然凉。"这热天如何能静心？

也许，大暑是一个扇子的世界，各种扇子开始招摇过市，方的、圆的、椭圆的、长的，应有尽有。还有一些折扇，上面题满字，多半是"莫生气"之类的警世之言。在河南，关于扇子的谚话，倒也不少，譬如："小扇有风，拿在手中，朋友来借，不中不中。要想借小扇，等到寒冬大腊月。"关于扇子的一些玩笑话，也是生活里的一些趣事。

大暑至，物候三语："一是化腐为萤，二是土润溽湿，三是大雨时行。"

萤，乃夜虫，尾部有光，绿绿如灯盏，夜晚潜在草尖，或伏于地面，甚美。古人又称之“丹良”“宵烛”，《毛诗》曰：“熠耀宵行。”

萤，是孩子的玩物。大人坐于树下，抽烟，侃大山，孩子在街道上追逐萤灯。夜晚，藏匿着一个孩子童真的年代。

大暑热，田头歇；大暑凉，雨满塘。雨来之前，云阴阴的，似乎要压下来，世界也变暗了。房子里，潮气重。我记得，每当雨来之前，我家东屋的水泥地面总是洇满了水，地面湿滑，一不小心就会跌倒，母亲总是说：“雨娘娘逃荒来了。”我不知道这话是母亲杜撰的，还是故乡的谚语，你别说，地只要湿了，雨便会接踵而至。

有雨的乡村才是大暑的乡村。雨水横流，街道积满了水，人只能贴着墙根行走，有些地方实在过不去了，人便往水里扔几块砖，砖头曲曲折折，在水里排开，很有意境。“黄泥路、古人、田园”，是一组怀古的词。

李白是真性情，“懒摇白羽扇，裸袒青林中”，古代也有裸奔之人，闹市不敢去，隐于山林，“脱巾挂石壁，露顶洒松风”，作为文人象征的方巾不要了，头发散了下来。白居易也喜欢在院子里打坐，“散热由心静，凉生为室空”，一个人在诗里乘凉。

村里有许多去新疆打工的人，他们回来笑谈异域见闻，常说新疆热啊，一个馍，贴在石壁上，不一会儿就烤熟了，还有将鸡蛋埋在沙里，一会儿就熟了。那时，因馋作怪，想去，但也确实心向往之。大了以后，便觉得酷热难耐，暗笑童年的愚。

傍晚，有火烧云，映红了世界。狗和牛各安其所，狗卧在阴凉处，牛反刍着草，不理会这绯红的云。

麦秸垛，在街道上立着，只是蜻蜓众多，我们拿出家里的扫帚，追赶着它们，逮到一些，用绳子捆住，像捉了一群俘虏。

后院里，葡萄也熟了，一嘟嘟挂在枝上，像一个人的眼，圆润，晶透。也许，葡萄比人更爱大暑。

每年，我都会把葡萄包起来，一些不包的葡萄是留给飞鸟的。你看，葡萄架下时常有鸟飞来，我看到也不驱赶，看它啄食，看它一脸得意。

葡萄架下，落满鸟粪，母亲总是抱怨，但是我却打心底高兴。人，留一口食给它，留一些空间给它，人和它才能和谐相处。人与鸟不应太远。

院子里的无花果也熟了。

父亲从郑州把它带回时，它和我一样青葱，一转眼十来年过去了，我不见了，它仍旧回馈着父亲。父亲老了，头发泛白，唯一不老的，就是对我的挂念。

大暑着实无聊，身上闷热黏腻，母亲怕我们中暑，总在中午熬一锅绿豆汤，放凉，一饮而尽。

我是一个在大暑里贪吃的孩子，一会儿偷父亲的一个变蛋（松花蛋），一会儿偷母亲的一个咸鸭蛋，一吃刚刚好，一嘴的蛋油。

有雨的大暑，万物皆凉。

在故乡，大暑藏于天地，别是一番情趣：雨水急促，树叶青绿。

立秋：热在头顶

立秋，镇不住场子，名义上入秋了，其骨子里仍是夏火的脾气。

立秋，给人一种假象，似乎比大暑还要热些。大暑到，人可躲在阴凉处，不出来，人不动，心就凉了；立秋则不然，禾熟，人被困在田里。

其实，说到秋天，有两种计算方式。一种是梧桐叶落。古代有史官，专门记载立秋风俗，立秋这天，盆栽的梧桐需移进宫内，时辰一到，史官高叫一声："立秋！"梧桐叶落几片，便有了秋之况味。另一种是蟋蟀书写的绝句：蟋蟀鸣，秋天到。在乡下，有能人，白天捉蛐蛐，夜晚说三国。乡下的日子，倒也有趣，吸引人。

立秋三候：一候凉风至，二候白露生，三候寒蝉鸣。

凉风至，说的是夜半之风。白天的风，仍是烫骨，人卧在家里，不肯出来，只有夜晚，一边是蛐蛐叫，一边是凉风至，这时，才感觉到一点秋的味道。

晨露，清亮，晶莹剔透，在草尖上盘着。人去菜园，趟过一些草，摘一把青菜，裤腿已然湿了。这露水，凉意入骨，我才真真切切感受到秋晨之寒，这寒，烙在人心上。

寒蝉，更有趣味些。古人云：人之将死，其言也善。那么秋初的蝉，多半是将死之物，一出口，便是救世的箴言。秋至，一个叫柳永的浪子，在北宋的东京城，铺纸，研墨，提笔，寒蝉在纸上凄切。

立秋，乡下爱鸟之人便琢磨捕一些鸟来。笼里鸟以斑鸠、云雀居多，这些鸟都是豫东特产，不需要换水土，喂养即活。

三爷家挂着一些鸟笼子，圈养着一些斑鸠，我每次都眼巴巴看着，我眼里的鸟反倒不见了，突然，它们都变成了圈在村子里的人。后来，它们都飞了，只剩下村庄这个笼子，落在平原上，空空的。

院子里，这葫芦、丝瓜，挂在头顶。它们不说话，把秋往安静里挪动。在秋天，总是一阵风吹来，满院的果实摇曳生姿，姗姗可爱。

没雨的夜，星子铺满天空。欧阳修写文曰："星月皎洁，明河在天，四无人声，声在树间。"一个人面对这无边的秋声，居然不知怎么办才好，是安静地听一会儿，还是逃到热闹处。

在乡下，墙上的日历已撕了一半，突然发现，这半年里，一些花也开始败了，开始往荒凉里走着。

母亲喜欢在早晨熬一锅南瓜粥，这挖取的南瓜子放院子里晒干，然后放在盐水里，沥出，入锅，文火慢慢炒，那是最乡村的味道。

雨落下来，万物都松了一口气，这时，脑子里满是古诗："江湖夜雨十年灯""江船火独明"。这所有的意境都是我喜欢的，灯火、夜雨、孤船，都在这个夜里，入心。

其实，说到秋，便想到禾火。

也许，一个中年人的况味，不在于与他人争荣了，倒在于回馈。

一个人，将地里的豆秸、花生秧，一株株往灶台下送着，饭还没熟透，这温暖便散入乡愁，在文字里溢出来。

立秋过后，早起，三碗凉开水，一个秋季的养生，便在其中。我也不知，这有多少合理成分，可是乡人确实信它，信它的满碗清凉。推开窗，看见一两只麻雀，在院里啄食、跳跃，把乡村过成田园。

一个人，在立秋，化成炊烟。

一个人，在立秋，化成草木。

处暑：凉气而生

《二十四节气解》说："处，止也，谓暑气将于此时止也。"

处暑到，天就变了风向，南风少了，西风渐多。它的到来，意味着夏的终结。在北方，一些预兆散入文字，苇草白头，候鸟南飞，心头落下一丝寒意，一些事物也安静下来，蝉被推向风口，也闭上了嘴。

在处暑，坐在地上，感觉凉如水了，自然想起"银烛秋光冷画屏，轻罗小扇扑流萤。天阶夜色凉如水，卧看牵牛织女星"的诗句。我想，凉如水的夜色是从处暑开始的，立秋尚热，还不足以让远游的人心生乡愁。也许在古代，处暑之后，一个人，在夜里，猛然听到捣衣声，就会忆起中原。

处暑三候：一候鹰乃祭鸟；二候天地始肃；三候禾乃登。

鹰捕鸟，是为寒冬做准备，也许处暑以后，寒才吹响号角，它一寸寸落在土地上，热闹终究散去，只剩下安静。鸭子戏水也不似先前那么勤了，"春江水暖鸭先知"，那么秋江水寒也同样如此吧！

处暑之后，回家再饮一瓢凉井水，母亲多半会是怒的。

其实，一个“肃”字，心里就觉得不得劲，是哪个地方不对劲，好像也说不出。人感知的是外物，外物变，心就变了，你看：草木衰萎，落叶萧萧，山川寂寥。也许，就这么几笔，就能把一个人的心用秋露洗透了。

如果用词性来比喻，此时“寒”变成了一个实词，沉甸甸地落在万物上，而“热”却变成了虚词，只能在日中时分起一丝点缀作用。风来，不禁想起一些往事。

天黑，月明，一群人便在街道上玩钻山洞的游戏。我记得那时，一个小伙伴从不加入这个游戏，只眼巴巴看着我们玩，后来才知道，她父亲的小名叫“山洞”，为避讳这两个字，她失去了多少少年的乐趣啊！也许，从祖先那些年代起，一些看不见的枷锁就捆在了我们身上。除此之外，孩子还玩一种叫藏老目的游戏，用红领巾蒙住眼，一群孩子散在隐蔽处，世界顿时安静了。

处暑，怀念的除了那几句词，譬如“半夜凉初透”，还怀念院子里那头颅沉重的向日葵。一朵花被岁月打通了任督二脉，便活明白了，把张扬的个性藏在秋风里。它学会了负重，学会了低头。

我对于处暑印象深刻。我家的院子爬满了植物。爬山虎，叶子泛红；四季莓，绿意盈盈。这处暑，分明是一个色彩的世界。白云、白棉，是白姓家族的两个宠儿。绿的草木，更精彩：节节草，步步高升；牛筋草，也散了一地。红的呢，石榴饱满，像一个智者。

天凉了，人便不敢随意了，穿衣也讲究些。长衫厚裤，缠绕着处暑。对于吃，更讲究了。早上，一碗玉米糊糊，入胃，一身暖，这是饮食上的黄金；中午，母亲和一碗面，在灶台醒着，夜晚，借着灯光，父亲烧柴，母亲搅汤。在豫东平原，我们有接地气的叫法，叫它疙瘩汤，或甜面汤，只有面的甜味，不加任何修饰，一碗乳白色，犹如白银一般。

我趴在平房上，一动不动，看村口归人，一些人走得匆忙，一些人四平八稳，走姿隐含着一个人的脾气。还有一些人，肩上扛着犁，手里牵着一头牛，就这样慢腾腾地走，这一刻，世界仿佛静止了。

我是静止里那一个还未长大的孩子，一个人品味处暑的凉。

如今，还有几个闲人会在处暑的节气里，慢腾腾地欣赏，慢腾腾地活着。也许，一个“慢”字是处暑里最闪光的闲淡之语，只是，我们活得太匆忙了，对此视而不见。

白露：一声蝉鸣一声寒

今日白露。

其实，白露节气注重养生。与吃有关的事物中国人最为在乎，从南吃到北，图的不只是果腹。

清晨，推门远望，便觉得秋天云淡风轻得可爱。一个人，沿着山间小路，健步如飞。说是山间，有些偏颇，不过是陕北的土堆而已！

一个人，早起，不偷懒，已成为习惯，与今日是白露无关。但跑着跑着，发现鞋子、裤腿，早已被露水浸湿，于是白露便与我有了关联。肌肤寒冷，再说“毫无瓜葛”的话，多半是荒唐的。

秋尽露寒，中国的农历多与草木有关。从这个角度可以说有草木情怀，是中国人的通病。

草木已枯，天气转凉，正如《礼记》云：“凉风至，白露降，寒蝉鸣。”最忍受不了秋尾上的蝉鸣，一声比一声悲，一声比一声寒。

那么白露里的动物有哪些是不悲的呢？我也说不清楚。

先听听白露三候吧：鸿雁来，玄鸟归，群鸟养羞。

北雁南飞，这记录的人一定是南方人。北方连燕子也跑了，只剩下土著的鸟搬运粮食。

这些鸟似乎都与北方较劲，全是悲啼啼的，闻之伤感。

如果下点雨，日子更不好过。秋雨霏霏，一下子就黏上了世界。每逢说起秋雨，我都觉得它像个荡妇，缠人而有欲望。

白露里有爱情，这和牵牛织女星走的是一个套路。“蒹葭苍苍，白露为霜，所谓伊人，在水一方”。一条河，让爱情夭折。说起蒹葭，便觉得陌生，这是三秦大地的叫法，在我的故乡，人们称之为芦苇。这芦苇，若飘若止。一夜白头的事，怕不是人的专利，芦苇丛生白发，余晖清波，自有一番风味。此刻，三秦大地流传的诗意也被我揽入怀中。

白露节气中露是清的，像透彻的眼眸。但浊重的露水慢慢下沉，就成了霜。此霜非严霜，不是水的凝固，而是气温骤降，清露沉浊，呈奶白之态，如是而已。

白露这天，南方喝白露茶，做白露酒，吃龙眼。北方有什么样的风俗，我还真不知道，只知道这天，家家户户怎一个“忙”字了得。

乡下人忙着抢收。这节气，淹没在棉如云朵、玉米如黄金的丰收里。文人呢？似乎这天也忙，看吧，“白露团甘子，清晨散马蹄”“悲秋将岁晚，繁露已成霜。遍渚芦先白，沾篱菊自黄”“晚丛白露夕，衰叶凉风朝”，这么多的文人，忙于修饰白露。

也许，还有一些人，在黑夜里，写着酸溜溜的情话，思归、想念，通过泛黄的书信，直抵远方。一位名叫李清照的女词人，想必也在此列。天寒雾重，白露沾窗，半夜凉透，睡不着，不如泼墨、写文。

白露落下，北方的柿子树还没老去，果子青涩，像一些人的童年。我不知道，童年里的柿子树或者是柿子树里的童年，哪个会记起我。

今人漂泊，已然常态，灯火里的白露缺乏人文的力度，还是老乡杜甫的诗句更有诱惑力些，“露从今夜白，月是故乡明”，这文字多干净啊！

苏轼在黄州趟过白露，抱着庄子逍遥的心态。很多人说苏轼有点装，《黄州寒食帖》写得悲悲戚戚，却一转身扔出两篇旷达的《赤壁赋》来。

这些，暂且不顾，在他的文字里，能邂逅到一颗水心：“白露横江，水光接天。”有这些乐水情怀，足矣！

秋分：一道门

秋分是一道门。

叶子已落，人间也有了秋意，寒风用习以为常的方式抵达人间。

李白说：“秋色无远近，出门见寒山。”这么浪漫的文人，也抵挡不住秋的寒刀，一个文人，被风一点点割得支离破碎。

秋天，适合读书。庭院深坐，每天都在阅读的情趣里，便觉得时光堆满了我的世界。

每个人都觉得秋天被一个叫时间的家伙控制着，但我突然觉得，远在时间之外，还有一片宁静的玉米地，那里寄托着我的理想和一个少年的根。

家乡无边的丰腴召唤我，让我去靠近，去品读。

到了秋分，便觉得世界进入另外一种境界，热烈被时间埋葬，唯剩下一地的无动于衷。

河流、树木、庄稼，都换了气色，从而进入到一种寂寥、淡雅的格局里。这格局，有点安静、清冷。

秋之冷，冷在萧瑟。秋之美，美在明澈。我常常躲在明澈里，看枯叶，看云淡风轻。

云来了，就那么淡淡的。一个人，对于世俗的偏见，再也不会耿耿于怀，开始释然了。到了看透纷扰的年纪，世界便突然辽阔起来。

闲云淡草，是秋天的一个命题。闲和淡，道出了秋天的悠然和无欲，任西风吹过，心已淡如止水。

我喜欢一种颜色，是秋天的干草黄。秋风吹空了植物的筋骨，仅留下一片狐假虎威的旧衣服，再一吹，就折断了。

秋分，是一道分水岭，草木的枯荣在此分隔。生如夏花，死如枯草——悲，也是草木，欢，也是草木，只是心态不同而已。

一棵草不会悲秋，悲秋的永远是季节里的人。是他或是她已不重要，重要的是在秋寒里谁能趟过回乡的门槛。

秋风是有颜色的，你看得见吗？我看到的是一片枯黄，在干草丛里，在屋顶上，一转眼就不见了。

秋天的质地，不应该是软绵绵的，而应该有着金属一样的坚硬。

说到秋，不知不觉想起了《秋色赋》，以赋的名义铺陈，实质写的全是草木摇落的悲意。

秋天的身体里，最为突出的部分应该是月光，但是怎样去书写呢？

我躲在秋天里，开始调墨，等待着将月光一挥而就，发现我失败了。八月的月光是冷的。月光也开始荒芜了。我不知道自己为何对八月的月光这么有成见。

其实，月光与我，交集甚多。我时常在月光里迷路，走着走着，就陷入了相思的围城。

月亮其实是一面镜子，它能照亮每一个孤独的人和场景。我们能从镜子里照出不同的影像，有白发，有雏儿，更有一些贫寒的庭院，在念着我辈的出走。

自古逢秋便遗忘不了月光，我不知道怎样表达我所见的月光。

我的月光在乡村。你看，小路上散落一地的碎银，可是我的故乡远没有白银的亮度，它们如此贫穷落后，以至于被打工的火车掏空了。

在秋分，总是靠意念取暖。半夜凉初透，异地他乡的床总是硌疼了我的旧风寒和乡愁。

寒露：一种沦陷

白露过后，天开始凉了。

陕北小城，夏蝉尚少，更不要说寒蝉凄切的意境。悬崖上，草木仍绿着，只是这绿已夹杂一些唏嘘：草木泛黄，果树灰暗。

岁月一转身，人间就变了。飞鸟也开始破落，它们知道，只要日子再深一点，饥荒就来了。

气定神闲说的是此刻的寂静，还是这高原上穿堂的风，抑或是远处的果园里那些卸果子的农妇呢？

我喜欢在寒露时节读一读与秋有关的书。林语堂的《秋天的况味》，爱的是初秋，月正圆，蟹正肥，桂花皎洁，那时是温和的。但是谁爱我寒深入骨的寒露呢？我的寒秋，就该叶落归根了。还记得清少纳言的《四时的情趣》吗？秋天是傍晚最好。夕阳辉煌地照着，到了很接近山边的时候，乌鸦都要归巢去了，三四只一起、两三只一起急匆匆地飞去，这也是很有意思的。而且更有大雁排成行列飞去，随后越看越小了，也真是有趣。到了日没以后，风的声响及虫类的鸣声不消说也都是特别有意思的。是啊，寒露秋晚，飞鸟归巢的场景，总能打动一些远走的人，再加上三两声雁叫，你是否有惊寒之感？

最近，上课的时候，讲到《说木叶》，自己一下将这秋爱得不可自拔。我们坐在秋天的门槛上，想走近她，需要打开三重门：白露、寒露、霜降。

白露之际，叶子还未容颜老旧，但是一入寒露就不行了。你不能不佩服古代中国人的伟大之处，短短数日，一两个节气，就让事物呈现出泾渭分明的不同境界。

如今，故乡的人正忙着耕种。这落叶像一个外在之物，在村庄上飞翔。到了收割之际，我已然没有了半亩良田可用，只好在这陕北小城，闭眼想着母亲被风压弯的腰，被寒气弄得生疼的关节。一个人再也无法拯救一片乡土的沦落，那些金黄的玉米、洁白的棉花，都是故国沦陷的山河。

寒露过后，应该是草木的沦陷史。最先陷落的，一定是操场边的那几棵白杨树，它们的叶子铺满土地，一些枯黄的修辞，在此刻安静地钻入我的文字深处。然后是崖边的一些草木，举着昏黄的影子，和对面通红的苹果树一同沉寂于这寒露下的秋天。

其实，一个秋天的沦陷是一种人生的沦陷。我的秋天在城市里再无新意，城市总是显现出四季的单一，再无家园故土春耕秋收的殷实。夜晚是如此之黑，像一头吃掉世界的怪兽，把许多人的故土情怀融化掉。夜晚，入梦的不是金质的奖牌，而是一两头驴子的鸣叫，抑或是一头牛的嚼草声。

秋天似乎总是在播种一种因果报应，此刻的风、此刻的雨，都是凌厉的。“雨中黄叶树，灯下白头人”，只一句，就将一个人推向一个孤独的世界。黄叶、白发似乎都是植物和人冥冥之中的一种宿命，或者是人生刻意装修过的诗意的城，只需要读上一两句，就再也无法安静！

霜降：最后的遗老

霜降是秋天的最后一个节气，接下来就进入冬天了。

霜降是秋天最后的遗民，说起这我想起那些满含风骨的人来，譬如嵇康，譬如傅山，总是一身的风骨。反观这霜降下的河山，落叶被绞杀殆尽，只剩下一两个有风骨的叶子悬于枝头，我将它们命名为一个个有意思的名字，这个叫嵇中散，那个叫傅青主，很是有趣。终于有一天，这些叶子落下了。意味着一个王朝消失了，开始进入冬的狩猎场。一场风就是一场惨烈的战争，多少干硬的枯草被拦腰处斩。

但是，反观霜降三候：一候豺乃祭兽；二候草木黄落；三候蜇虫咸俯。似乎感觉不到生机了，万物蛰伏，草木摇落，天地间似乎就剩下一片枯黄的布匹，以及死寂的沉默声。

我却喜欢这霜降，喜欢与霜降有关的谚语："处暑高粱白露谷，霜降到了拔萝卜""霜降一过百草枯，薯类收藏莫迟误"。农历本来就属于中国，与中国的五谷连在一起，活在乡村深处。我喜欢这霜降下的白萝卜，一地的青翠，让故乡温暖起来。红薯，更是乡村旧物，小时候，家里每天早上都会煮上一锅红薯，好的充饥，坏的倒进猪槽，人和猪，绑在一起。现在如果你要说别人和猪一个锅吃饭，无疑是骂人家的，但是那时，人们很安于享受和猪在一起的日子。

为了让霜降文雅一点，我从古诗里找出白居易关于霜降的文字，“霜草苍苍虫切切，村南村北行人绝”，以此证明霜降这个节气也曾是望族，而非出身野里的乡下小儿。经霜煞白的草木，虫子切切的哀鸣，行人也被隔绝，似乎霜降适宜于蹲在家里，是一个足不出户的时节。

在陕北小城，天是如此高远，爬上土山，视野是如此辽阔。我不知道“登东山而小鲁，登泰山而小天下”的感受是如何的，但是小城里这登高望远的情怀也足够让我暗喜，让我感受到一种卷席而过的苍茫。

陕北之地，土山居多，一些陡峭的地方多半处于蒙昧状态，草木是原始生长着，自然而成，人类的脚步也止于悬崖。偶尔会有几棵野果树，譬如柿子树，一到霜降，叶子摇落而尽，仅剩下些红色的灯笼，在远处指点江山，抑或在一起说笑，谈论我们这些俗世匆忙的脚步和麻木的神经。

试想，房屋、大地、草木上都蒙上一些微白的霜，多么具有肃杀气息啊！但是远处的窑洞，是黄土灵动的眼睛，几盏灯发出的光，是陕北迷人的眼波。一些抱柴禾的女人，也在窑洞前，被拉进生活的栅栏内。

经霜的，除了文字，还有记忆。

霜降在远方等我，我活在澄净的寒秋里。

立冬：开门一把刀

立冬，只不过是节气的一道院门，走进来，就是寒风、白雪，门外的，似乎还在深秋里坐着。

我喜欢立冬，只不过是因为那几首唐诗罢了。关于立冬的诗句，最喜李白的："冻笔新诗懒写，寒炉美酒时温。醉看墨花月白，恍疑雪满前村。"我心里暗骂这个唐代的疯子，这么骗我，他说的是哪个地方的寒冬啊？在故乡，哪有雪花？哪有寒炉？立冬时，故乡的温度还在秋天里，适合雨珠滚落。

其实，说起故乡的农历，我便觉得名不副实。立春过后，日子里还有倒春寒；立秋过后，人还需要在院子里纳凉；立冬过后，叶子仍未褪去青涩。我不知道，这农历如此不准，如何让中国人信服了这么多年。

一个不及格的农历挂在故乡的土地上，被风吹过，被鸟鸣声越过。

直到我到了陕北，才彻底见证了立冬的威力，出门一场风，归来一场雪。这个立冬，真在这里立住了。

就节气而言，立冬后，便进入寒冬。

立冬之日，一定有风。这让我想起故乡，窗户上糊的纸或者塑料薄膜被风吹得忽闪忽闪地响着。屋子里的门，天未黑就插了，但是，风会越过院墙，把木门吹得啪啪直响。父亲实在睡不下，有风吹过，也意味着乡村不太干净，一些贼气在空气里弥漫。

早上，一推门，羊圈空了。或者村里一阵风刮过，谁家又丢羊了。有风的时候，村人最是难熬，眼睛实在睁不开了，就用顶门棍把门顶个结实，就一翻身睡下，只剩下满院子的风。这是北宋旧地，像是一场文人的雅聚，一阵苏东坡的风，叫来了山谷和少游之风，对着一轮月命题，然后刮出一夜的好词和文人气息。

我喜欢与寒冬有关的字眼，譬如“十月朔、寒衣节”。不知道为何，我时常觉得这个“朔”字最有寒冬相。对于寒衣节，我向来恐惧，取暖的棉布在故乡实在少得可怜，不过是缝缝补补以旧衣物过寒冬而已。不知道在中国文化里，寒衣节是否让诗人为难过，我想会的，你看“白帝城高急暮砧”这句诗，这捶衣声在夜里太撩人了，一下子让多少游人失眠啊！

其实，在立冬，我常常觉得自己是个分裂的人，心里住进去两个我。一个说起床啊，跑跑步，冬天就过去，然后就能在春天的河边听到梦中人的捣衣声，听厌烦了一冬天啄木鸟治树的声音，就等待春天了。然后另一个我说，再睡一会儿吧，反正冬天在前面等我，出门就有一巴掌，会扇在脸上或身体上。冬天在门外，春天在被窝里，我还是窝在春天里吧。

每次出门，一抬头太阳好高，虽然阳光温暖，但是风却很重，风里裹着落叶，一下子把我刮晕。有时候，在街道里走路，眼是闭上的，我们靠着脑中的坐标行走，总能准确地找到想去的人家，这是乡村一种简单哲学。

说冬天，总是说风似乎太单调，还是说说云吧。我家地里的棉花卖了以后，我就自我安慰说：我家的棉花，在棉花场被风吹散，都跑到天上去了。其实冬天的云很白，天很蓝，我随手一拍，就是一幅自然白云图。我常常想，寒冬里的云，真是一个魔术师——一会儿变成山水，仔细听，似乎真有流水声；一会儿变成田园，仔细听，似乎有麦子拔节的声音。

这白云，是炊烟堆成的雪山吗？我分明看见故乡的一缕缕青烟，在空中丢失了。乡村是干净的，白云不知是不是神的衣服。在乡下，唯有一根电线杆有城市的气息，上面贴满了招工的信息，只等立冬一过，这些人就像白云一样，不见了。

立冬以后，乡村的呼吸轻了，这少了的呼吸蜗居在城市工棚里。此刻，许多东西变得滞重：土地、天空、路、灯火。我无法原谅荒芜的存在，村里只有星星、月光和鸡鸣，人老的老，小的小，从村西往东数，好几家都走了，他们搬到哪里，村里人都不知道，只知道是去了城里，好像城市是一个很体面的去处。

一个人在黄昏里回来，只有一些风迎接我，也许再往日子里走深些，还有几场白雪迎接我。一个村庄的安静是让人恐惧的，许多老人聚在村口，等待人回来。我记得年关，我路过村口时，最先迎接我的是寒风，而后是风里传来的狗叫声，热烈而忠诚。

立冬后，父母告诉我，风会入骨。我不信，我笑他们夸张风的本事，况且我穿着羽绒服，还怕风不成。三十岁过后，我的关节再也经受不起寒风了，一场风，关节就会疼痛，我才知道，父母的哲学是在生活里学来的，而非学一首唐诗就能领悟出来的。

在立冬之日，火炉也许是冬天里醉人的美学。一个家庭在冬天里只要有火炉在，就会温暖，就能有一家人围炉夜话。还有一些人实在烧不起炉子，就会出现邪念。一些邪念顺着风奔跑，把他人的活法偷走，然后怀揣一冬天的恐慌。

立冬已过，我等待送信的风，看它们在故乡是否还能像去年一样，吹吹屋顶的枯草，吹吹心头的云翳。

我，在立冬这天，吃下风的文字。

小雪：未必有雪

涉过立冬，便是小雪。

小雪，名字好似一女孩，但是却实实在在是一个让人生怜的节气。

小雪，无雪，也是常事。

如果是暖冬，很难遇一场雪事。

其实，小雪未到时，父亲已劈好柴禾，码在庭院一角，只等风雪到，白了屋顶，肥了瓦片。

我喜欢小雪节气下一场雪。

我本是懒人，一场雪，我像变了个人似的——玩雪，品赏一捧雪；烧柴取暖，拢手，火光映红了脸，一股青烟，直抵高天。

其实，小雪来了，多是薄雪。一个“薄”字，便说明雪之无趣。雪时不长，雪片不大，仓促上阵，草草收场，这是场吊胃口的戏。

邻居三木，婆媳一连串地生娃，前前后后共五个孩子。这婆媳没奶水，可苦了她家的那几只母羊。

雪落下来，三木挤好羊奶，像捧着一座寺庙，这温热的液体，养活了五个孩子。可是，这三木却有些薄情，孩子大了，一刀便要了羊命。

这一刀，割在良心上。

小雪，吃什么，可难为了三木。

夏病冬补，这谁都懂，可是，用钱的地方多着呢，是要攒钱的。于是冬天，便成了女人的战场。

今天，干槐花泡泡，和馅，蒸一笼包子；明天，墙上泛着紫黑色的红薯叶过水，与面条绝配。

小雪时，飞鸟还有活路。它们仍能从谷堆上啄一些残粮。

冬，坎太多。风是，雪也是。

一场风，会刮乱乡村的安静。许多人顺着风走了一趟。这羊不见了，这鸡不见了，这牛也不见了，风吹得真干净，所有的痕迹都吹散了。

雪落下来。这贼多半不会乱跑，这脚印太显眼，他们窝在家里。

父亲说，他喜欢小雪，大雪太冷，不适合干木工，小雪正好，开锯，刨光，凿洞，三下五除二，桌子、椅子，就成了。

母亲喜欢寒冬织布。

夜晚，风里有织布声。

打开箱子，各种颜色的布匹都有。我对母亲说，不用再织布了，够用了。可母亲说，城里的布不耐用，远没有织的布结实。

其实，现在远非比结实的时候，一些人不再喜欢乡下的土布，他们认为它土气，灰头土脸的。

妻，也是其中一个。

母亲不织布也无事可干。

母亲除了宅在家里看豫剧，没有其他兴趣。她觉得人生荒废了，一天天虚度。其实，我也劝她，该享受几天了，母亲反问说：“怎么享受，吃激素鸡，还是激素猪肉？那是死得快的节奏，人只有干活，才觉得活着。”

我读那么多书，此刻全失效了。

在小雪，我欠母亲一个关于人生的答复，但是，这命题太大，也太难，此刻我还未理出头绪。

一个人的小雪，或者是一家人的小雪，在文字里活着。不知小雪之后的大雪，我是否有了答案？

大雪：待雪而至

“你在南方的艳阳里，大雪纷飞；我在北方的寒夜里，四季如春。”《南山南》的民谣在心头唱着。我客居西部，独自一人，我在西方的大雪里心如止水。

大雪来，是那种盛大的雪。

其实，对于大雪，我喜爱它的存在，喜爱它的封门，把一切世俗的客套都堵在门外，内心安静。

翻来大雪的书，文字甚多。古代，我喜欢《湖心亭观雪》：“天与云与山与水，上下一白。湖上影子，惟长堤一痕，湖心亭一点，与余舟一芥，舟中人两三粒而已。”用“粒”形容人，少之又少，可是却大有趣味。也喜欢“千山鸟飞绝，万径人踪灭”的境界。在当下，只喜欢雪小禅的大雪。

“银碗盛雪”，多素净的文字。

古人喜欢煮雪泡茶，《红楼梦》里“却喜侗儿知试茗，扫将新雪及时烹”，这是诗证。人呢，妙玉煮雪烹茶，自名曰：体己茶。雪是五年前收集的梅花瓣上的雪。其实，雪乃水遇尘埃，凝固而落，并不干净，但给人白净的假象。古人煮雪，也许只爱它的素、它的白，或者只爱它的生活品味。

小时候，也吃雪，吃冰凌。只一口，就记住了一辈子，凛冽。一个人，捧一捧雪，天地间空无一人，就这样吃着，也是一种美学。

“烈风吹雪深一丈，大布缝衫重七斤。”

大雪纷飞，衣服上落满了雪。一抖衣服，几斤雪，多么可心的文字。

最喜夜雪，睡时毫无迹象，一觉醒来，世界顿白。打开门，世界一脸素颜，多美啊！雪落屋顶，肥了；雪落树枝，堆砌而立，一阵风，咔嚓一声，折断了。这让我想起白居易的一句诗：“夜深知雪重，时闻折竹声。”

屋外，有鸟哀哉！人曰：寒号鸟。这鸟，实则是一种鼯鼠。

夜半，一个人读书。

肚子饿了，便炖一碗萝卜汤。一个人对萝卜情有独钟，无理由。

或者是，一家人，围坐。

桌上，是老式火锅，炭火烧得正旺，萝卜、粉条、肥肉，正咕嘟嘟响着，一口，便温暖了。

大雪，吃火锅。不选择时间，中午可，晚亦可。有大雪纷飞可，无雪亦可。听，风在门外，啪啪作响。

火锅暖心，是大雪封山之时最好的选择，反正一个人无事可干，也无地可去。

母亲正给我儿讲故事，故事是我小时候听烂了的。一场大雪，文人先吟“大雪纷纷落地”，官员接上“都是皇家瑞气”，地主曰“再下三年何仿”，乡下人大怒“放你娘的臭屁！”每听到此处，便会大笑。

是啊，放他娘的臭屁！

大雪来了，把一切关在门外。一家人，其乐融融！其他费神的事，是屁。

大雪来了，吃的，已备好。大白菜埋在土里，酒也满坛。

有一年，大雪来了，家里没面了，父亲套牛，去村头面坊，我坐在车上，看牛印深深浅浅，看白雪皑皑。

这是大雪之中隐藏的童年。

父亲的背，从那时起就不直了，那是我当初发现的秘密，隐藏在心里，一直憋了将近三十年。

大雪，未必有雪。

大雪，一定有情。

冬至：野蛮的风衣

冬至，意味着冬到。

它很野蛮，风骨雪衣，却强劲有力，一出手，就是一城荒凉。

冬至，不负虚名。冬至的骨子里阴气正盛，见叶杀叶，见草折草。

冬至，和风雪是近亲。

冬至的城门之内必有风雪将军把门。一场风，街道干净了，树叶、纸屑聚在墙根。

雪来，人静。

雪，来时不扰民，悄悄落下，落在人心不古的地方，也落在温暖处。大寒的雪，比一些人还可爱些，它们是清白家族，除了带来一片白，什么也不带走，这自然界的廉吏，让人欢喜。

寒冬，无事。

人才能思考更深一些，计划的一年的事情，在冬至之期，该实施了。

这大事，是儿女婚事。

媒人踏着冬至的节气，在冬至上加一把伦理之柴。和气的人，坐下，抽烟，吃酒，把儿女的婚事以一种体面的方式进行。

不和气的家长也有。他们谈着谈着，就拧巴了，儿子闹，女儿哭，也无济于事，有些性子执拗的孩子，一冲动，就做了傻事。

寒冬，果然是寒冬。

灵堂内，只有泪水。

许多人都说，这何必呢？不就是彩礼吗？有那么重要吗？人没了，一切都空了，似乎以前的拧巴都成了笑柄，在村庄上空飞翔。

冬至以后，红事渐多。

我记得我村有一次，一天娶进两个媳妇。她们处处争，如果谁去迎娶得晚，这家多半失了运气，男方头顶星星就走了，空气里是机器的突突声。

冬至，是两个人的舞台。

一个古典棉旗袍，很有气质，她高人一等的目光透着寒气；另一个婚纱拖地，很现代，也是一脸高傲。

这两个女孩把乡村的宁静搅乱了。许多男人都以此为标准，这两场婚礼，在冬至，为乡村树立了标杆。只是这两个女孩见人不说话，乡村流言颇多。

直到今天，我仍未知她们的名字，给我印象最深的就是两张冷冰冰的脸，带有冬至的寒气。

我离开村庄，顺便也离开了一些冷漠的态度，一个人来到天地间，无非是笑笑别人，或被别人笑笑。

冬至，常态的模式是全家围坐，吃一碟饺子，把一家都暖起来。

很多人喜欢冬至的酒席。那些婚娶的人总选节气，说是红火，喜庆。

你看，在冬至里，那些流水的菜正在生活里动着。你听，那些划拳声正落在酒器里。

冬至，除了吃，还能闹洞房。

也许，这风俗快见不上了。

我一个人在陕北，面对冬至如同面壁思过，不知道怎么去解剖它。

一碟饺子，亲手包的，但是吃不出中原的味道。我知道，我有了病。

许多人说这叫怀乡病。

我承认，我病了。

我期待，回家，过一次冬至，坐一次酒席，再听听风吹，听听《百鸟朝凤》。

小寒：冬藏于深

小寒，冬藏于深。

冬至之后，日子便是另一种活法。一天冷似一天，夜将白天压短。

一觉醒来，天未亮，窗外黑着脸，人从昨夜六点就沉于梦里，此刻也没了睡意。乡村的人语就开始了："老头子，该起来拾粪了！"一个"拾"字，用得恰到好处，在乡村，此物无主，谁拾是谁的，拾粪便是一种早起的理由，或是一种习惯。

"老婆子，今天去赶集，你早点做饭。"

日常的琐碎，便拉开了序幕。

乡人曰："小寒胜大寒。"

小寒至，寒气袭来，怎一个"冷"字了得。许多人穿衣不再讲究，一层又一层地套着，臃肿如北极熊。

在中原，小寒虽冷，但未见滴水成冰，也说明中原的小寒差一点成色。我在东北那几年，天真冷！

大街上满是大白菜，一株一株排开。我不知道有何用处，有人说晒白菜腌制酸菜，用酸菜打发日子。

冬冷，在锦州。

一个人，温习了三年风的习性。

回到中原，虽不冷，耳朵却冻了，脚也冻了，肿成胖乎乎。一靠近炉火，奇痒无比，总想挠。

中原人，贫苦惯了。

不烧炕，不挂布帘子，屋内也不生火，有炉子的家也是极少。一阵风，灌满屋内。

有人说，河南冷是假象，冷在没人想着取暖。家家如此，便也过了，一冬硬扛，这是策略。

脚冻以后，母亲便慌了。

从菜园里摘一些茄子枝条，晒了一冬，干枯，无水分，颜色灰褐。

倒水，点火，加柴。把茄子枝条放锅里煮，舀出一盆水，洗脚。这是中原治冻脚的土方法，据说灵得很，我也洗过多次，竟然好了。

小寒，免不了有雪，免不了有飞鸟来我家庭院觅食，晒阳光，把此处当故乡。这飞鸟分明就是我啊！

阴阳相生，暖感内隐。

小寒的至寒之内，有阳气浮动。

人不知，鸟知晓。

大雁北飞，它是自然界的报晓者。一振翅膀，阳气就浮升一些。麻雀也开始出来了。喜鹊呢？这是一种勤快的鸟，开始筑巢，迎春了。在乡下，有很多谚语，和它有关。“小麻噶，尾巴长，娶了媳妇不要娘。”在老家，蓝喜鹊又叫麻噶子。

小寒，无事，人闲，心便浮躁。

许多人总是在小寒之后，密谋着，干一些坏事，譬如打鸟、杀狗。鸟肉，炖汤；狗肉，便是大补，只有冬天的狗才肥。

一锅狗肉，叫三五个对劲的人，一瓶老烧酒，外面再下点雪，这就是小寒，这就是乡村。锅里炖着人情，嘴里说着人生。

小寒，还有一些人回不来了。

这些人喝酒时也会说起他们，但并不悲伤，在乡村，日子会掩盖一切。

小寒，万物皆空。

大寒：尾巴上的寒气

一个人，在陕北过大寒，愈觉冷落。

这天，适逢一场落雪，是那种薄薄的雪，像含羞的女子，很是放不开，扭扭捏捏地下着，但是，房屋皆白，也算有了些许意境。

大寒这天，多地落了雪。微信圈里，到处都是晒雪的文字，譬如：下雪的西安才叫长安；下雪的开封才叫汴京；下雪的北京才叫北平。这只是今人的意淫罢了，现在的城市，太浮躁，再也无法安静下来，即使雪后的城市和平时相比有一点安静，但也缺少古典的气质。

还是说大寒这天吧，雪落无声。在任何文字里，我都毫不掩饰对雪的痴迷，有雪的人间，才有味道。

一个人，在街上走着，有计划地采购些过冬的粮食和蔬菜，一伸头，就灌了一脖子的寒风，那个冷，仿若回到了童年。脚也冻得发麻。说实话，自从从农村出走后，再也没有过这种感觉，城市像个温室，一年之内，早就不见天然的成分，大寒之时，已不见凌厉的冬。

童年，总有这样凛冽的风，总有这样冷的天气。大寒，也意味着温度骤降，在一年中是极冷的。我喜欢农村的三九之说，这三九，是一个坎。

大寒里，雪既然封了屋门，就应该躲在屋子里，从酒坛里倒出些酒来，然后看火苗呼呼燃烧的炉子，一个人慢慢地享受生活。乡村的大寒是简单易满足的。我想，三两个人，围火坐下，下酒菜当然要有几个，一盘油炸花生米，一盘腊八蒜，就代表了乡村。当然，硬菜也要有一个。农村的硬菜，非猪头肉莫属，是肥而不腻的那种，拌好之后，撒些香菜和蒜苗即可。乡村是简单的，猪头肉，也是简单的，过于复杂的吃法会冲淡了大雪满院的意境。

在乡村，猪和人关系最为密切。年关，农户家养的猪成了，要找一些会杀猪的师傅来，杀完后，一个漂白的猪悬挂在乡村的屋顶下羡人。同一个村里住着，杀猪的师傅不好意思向户主要钱，会象征性地要一块猪尾巴处的肉，一刀下去，多少就这一刀。

大寒，应该是说吃的前奏，买点猪头肉先打打牙祭，而后是年关，会享受到猪的盛宴。大寒这节气，买些肉也是应当的。一年之内，这天一过，日子就奔向零下之城，有些人抗不过大寒，撂下一家子人，两眼一闭就走了。很多人活明白了，趁着牙口正好，吃几口猪头肉，也算对得起这一年的苦和痛。

大寒应该说是一座围城，围住了太多远走的人，一些人再也不想漂泊了。在乡村，大寒一过，打工的人就陆陆续续地往回赶。大寒天冷，他们知道，这罪不能硬受，来日方长，不在乎这几天，回家，躲在炉子边，享受天伦。乡下人理想简单，易满足。

这平原上的麦田也不见长了，团在一起，是那种干巴巴的绿，不见一点嫩色。麦苗缩在一起守望中原。麦田的守望者应该是那些麻雀和乌鸦。人多半是不出门的。

大寒，检验谁的骨头最硬。总有些人经受不住大寒的逼视。

大寒之后是立春，想想，多好啊，麦苗马上就能疯长了，这大寒里巴巴的绿色即将嫩黄起来。谁会记起这表面寒冷，内心孕育春天的大寒呢？是的，没人会想起。

我躲在这大寒里，看雪，听雪覆盖下的绿声。也许，像我这样的人不配拥有大寒，我是一个见风易感冒的体弱之人，和大寒的硬骨头似乎差别太大。但是我还是喜欢大寒，喜欢它的格局：厚雪和风吟。

一个人在大寒里，想起了童年的图景：炊烟袅袅，散入晴天，路面蜿蜒，我正好踏着归乡。